워킹맘의 딸

김신희 지음

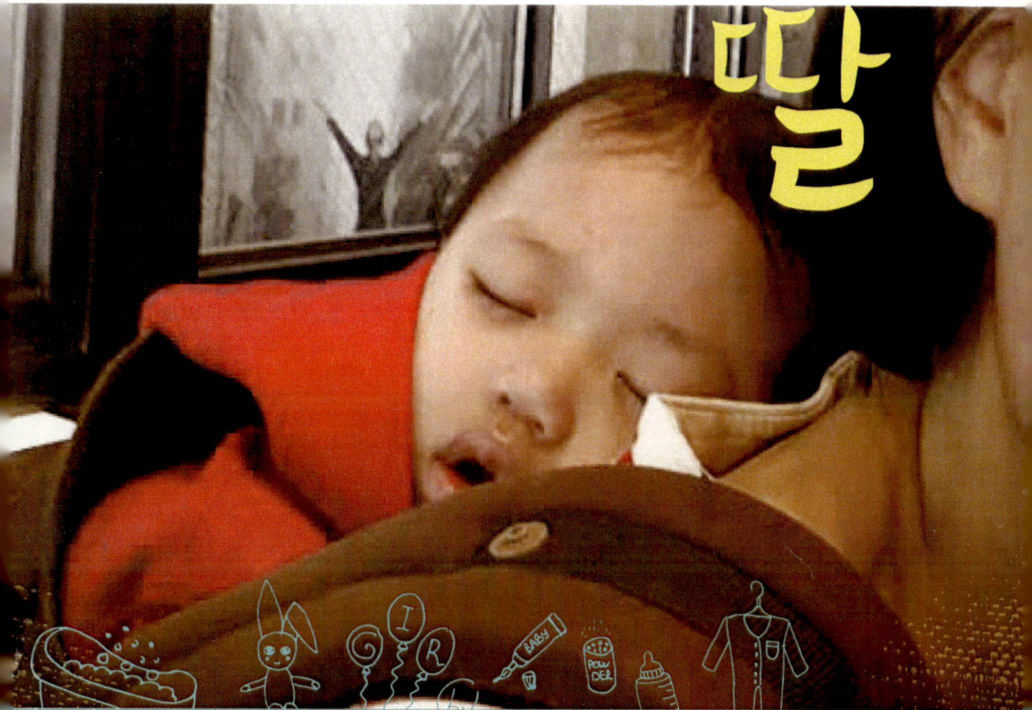

딸

초보 워킹맘의 일과 육아 고군분투기

북랩 book Lab

추천의 글

아이가 잠들고 해야 할 일들을 떠올리며, 빠른 박자의 자장가로 아이를 재우고 엄마로서의 죄책감과 나 자신의 합리화를 반복합니다. 그런데도 여전히 전사로 하루를 살아가는 것은 나 자신도 포기할 수 없을 만큼 소중하기 때문이지요. 워킹맘의 딸로 자라 이제는 본인이 워킹맘이 된 김신희 팀장이 자신의 워킹맘 스토리를 책으로 나눕니다. 비슷한 어려움을 겪고 있는 이 땅의 모든 워킹맘이 함께 공감하고 다독이며 잘 버텨내 주었으면 하는 마음으로 응원합니다.

- 한국 아이비엠 글로벌비즈니스서비스 이정미 전무 -

저는 이 책을 '일' 때문에 엄마가 되기를 두려워하는 예비 워킹맘들이 꼭 읽었으면 합니다. 일 잘하는 당신이라면 분명 그 노하우를 육아에도 적용시킬 수 있고, 아이를 키우며 얻는 성취감이나 성장 또한 업무 성취감 이상으로 당신을 행복하게 만들어 줄 테니까요. 이 책은 '엄마 되기 공포증'을 덜어 줄 가장 솔직하면서도 현실적인 가이드가 될 것입니다.

- 네이버 콘텐츠팀 김수정 매니저 -

전 세대에도 지금 세대에도 변하지 않은 워킹맘의 생활. 세상은 바뀌어도 엄마들의 육아는 여전히 외롭게 진행 중입니다. 고단함이 느껴지는 워킹맘의 경험담이지만 꼼꼼한 기록이자 지침서, 그리고 공감되는 대화 같은 책입니다. 빠르게 읽히는 내용 속에서 알토란 같은 워킹맘 김신희 팀장의 노하우와 에너지가 기운을 줍니다.

– 건양대학교 심리상담치료학과 이영선 교수 –

김신희 팀장에 대한 인상은 언제나 열정적이라는 것이었습니다. 그 열정이 실은 일, 가정, 그리고 자아를 모두 놓치지 않기 위한 '치열함'이었음을 이 책을 읽고서야 알게 되었네요. 치열해야만 살아남을 수 있는 워킹맘의 정글에서 이 책이 수많은 동지들에게 공감과 응원의 힘이 되길 빕니다.

– 삼성전자 글로벌마케팅실 신지현 과장 –

워킹맘으로 일과 육아를 저글링하는 삶이 내게만 고단한 것이 아니었구나 싶어, 읽는 내내 위안을 받고 힐링이 된 기분입니다. 물론 워킹맘의 힘겨움이 절절히 묻어나 저의 초보 워킹맘 시절의 쓰린 기억이 되살아나기도 했지만 진솔한 느낌이 들어 좋았습니다. 지금 힘겨워하고 있는 워킹맘들에게 권하고 싶습니다.

– 한국마이크로소프트 채널마케팅팀 강윤영 차장 –

워킹맘의 딸,
이야기를 시작하며

올해 서른일곱인 제가 어릴 때는 일하는 엄마가 드물었습니다. 당연히 '워킹맘'이라는 단어도 없었고요. 그런 시절에 퍽이나 일하기 좋아하시던(또는 집에 있기 싫어하시던) 엄마를 둔 덕에 저는 원조 워킹맘의 딸로 컸습니다. 시간이 흘러 '워킹맘'이라는 신조어도 생겨나고 그사이 저도 결혼하고 일하며 딸도 낳아 2세대 '워킹맘의 딸'을 키우게 되었습니다.

그러나 여전히 워킹맘으로 살아가기는 녹록지 않습니다. 아이는 아침마다 가지 말라며 엄마의 출근길 발목을 붙잡고, 부부가 같이 일하지만, 아이가 아프거나 아이에게 무슨 일이라도 생기면 육아의 제1 책임자는 엄마라는 인식도 여전하며, 직장에서도 남녀가 같이 일을 해도 문제가 생겼을 때는 간혹 '애 엄마라 그렇다.'는 편견에 가득 찬 시선에 억울해지기도 합니다. 일은 많은데 아이는 갑자기 아프고 도움받을 곳은 없고 같이 사는 남편조차 정말 남의 편처럼 느껴지는 날도 있으며, 때로는 이렇게 사는 것이 맞는지 다른 길은 없는지 고민하게 됩니다.

그럼에도 불구하고 하루하루 아이가 커 나가듯 일하는 엄마들도 아이를 키우고 일을 하며 성장하고 있습니다. 『워킹맘의 딸』은 모든 일하는 엄마들의 이야기이며, 원조 워킹맘의 딸인 저, 그리고 이제 워킹맘의 딸이 된 제 아이의 이야기인 동시에 워킹맘을 가족, 친구, 지인으로 둔 모든 이들에게 들려주고 싶은 이야기입니다. 일하고 아이를 키우며 일상을 저글링하는 가운데서도 여전히 꿈꾸고 이루고 싶은 것들이 많은 모든 워킹맘들이 이 책을 통해서 스스로를 다시 한 번 돌아보고 보듬는 계기가 되었으면 좋겠습니다.

특히 다음과 같은 분들이 읽으면 좋을 듯합니다.

- 출산 휴가 및 육아 휴직을 끝내고 사회로 복귀하는 초보(예비) 워킹맘
- 결혼과 출산이 늦어져 실제로 엄마가 되는 나이는 점점 많아지는데, 사회적으로는 가장 열심히 일해야 하는 중간 관리자가 되어 있는 초보 워킹맘
- 직장보다 더한 스트레스의 원인인 집과 육아를 둘러싼 각종 문제가 처음이라서 낯선 워킹맘
- 내 딸이 워킹맘이 될 다음 세대에게는 더 나은 세상이길 기대하는 모든 엄마들

그리고 이 자리를 빌려『워킹맘의 딸』책 만들기 프로젝트의 후원자
분들께 감사의 인사를 드립니다.『워킹맘의 딸』은 텀블벅 사이트(www.
tumblbug.com/workingmomsdaughter)를 통하여 크라우드 펀딩으로 초
기 출판 비용을 마련했습니다. 후원자분들 덕분에 저 역시 힘을 얻었
고, 일하고 아이를 돌보고 피곤에 절은 날에도 다시 힘을 내어 원고를
정리했으니 후원자분들이 제게 주신 것은 후원금 그 이상입니다.

또한 블로그를 통해 시작한『워킹맘의 딸』연재 스토리에 많은 공감
과 댓글을 남겨 주신 분들께도 감사드립니다. 그 공감과 응원의 힘으
로 일상의 위기를 견딜 수 있었고, 겸손한 제 글을 책으로 만들어 보
겠다는 용기를 낼 수 있었습니다.

끝으로 원조 워킹맘의 모습을 보여 주시고 일흔을 바라보는 연세에
도 여전히 워킹맘인 저희 엄마와, '아이'라는 공동의 목표를 함께 이루
어 가고 있는 남편, 그리고 나날이 워킹맘의 멘붕을 같이 나눠 준 또
다른 워킹맘 친언니, 육아 동지들이자 친구들 현주, 혜진, 송이, 희진.
책의 방향을 잡아 준 옛 동료 강윤영 선생, 원고에 피드백을 준 수정,
초롱, 전 클라이언트 신지현 과장님, 워킹맘을 아내로 둔 현욱, 추천사
를 써 주신 이정미 전무님, 이영선 교수님 그리고 워킹맘을 배려해 주
고 격려해 주신 직장 동료들, 선후배님 및 보스님들께 깊이 감사드립
니다.

2015년 깊어 가는 가을, 아이가 잠든 밤

김신희

3장 워킹맘의 딸로 살아가기

4장 워킹맘의 위기

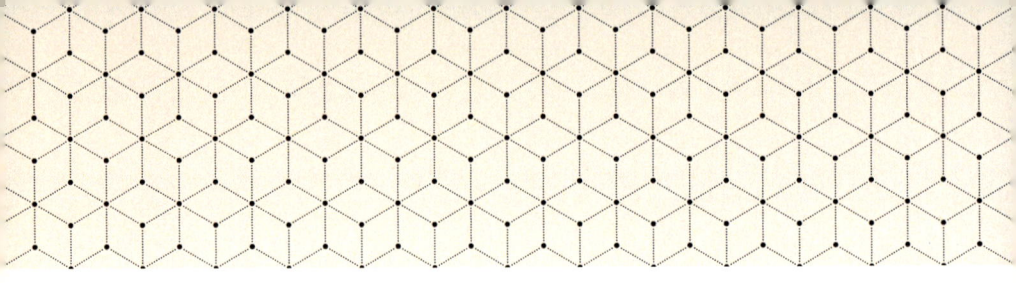

5장 워킹맘 서바이벌

6장 그럼에도 불구하고

1장

워킹맘의 딸,
이젠 워킹맘이 되다

워킹맘의 딸,
그리고
또 하나의 워킹맘의 딸

어느 날 아침이었다. 매일 출근길에 커피를 사는 곳에서 그날도 똑같이 커피 한 잔을 샀다. 평소에는 커피를 사 들고 바로 사무실로 들어가는데 왠지 그날따라 잠시 자리에 앉았다 가고 싶었다. 늘 아침이면 내가 깨어 있는지 아직 잠자고 있는지 알 수 없는 상태에서 좀비처럼 카페에 들르는 나는 계단 옆에 앉아 멍하게 허공을 응시하며 커피를 한 모금 들이켰다. 바로 그때였다.

'와장창, 쨍그르르르!'

갑작스러운 소리에 좀비 상태였던 나는 정신이 번쩍 들어 소리가 나는 곳으로 고개를 돌렸다. 2층을 정리하고 계단에서 내려오던 카페 직원이 들고 있던 컵과 남은 음료수를 와장창 쏟은 모양이었다. 그녀는 계단 아래로 뒹굴고 있는 컵들과 쟁반에 반쯤 남아 있는 음료수가 줄줄 흘러내려 유니폼이 엉망이 되는 상황에 어쩔 줄 몰라 하고 있었다.

근데 이상하지? 그 모습을 보고 갑자기 눈물이 났다. 서른일곱의 아이 엄마이자 정신없는 워킹맘으로 감정을 표현하지 않는 삶을 살고 있는 나(워킹맘에게 감정은 사치다). 근데 왜 갑자기 음료수를 계단에 쏟고 유니폼은 엉망이 되어 꼼짝없이 서 있는, 알지도 못하는 카페 직원을 보고 눈물이 나는 걸까? 그리고 영화의 한 장면처럼 내 마음속에 살고 있던 어린아이가 갑작스레 튀어나왔다.

내가 어릴 때는 당시 국민학교라고 불리던 지금의 초등학교 시설이 충분치 않아 이부제 수업을 했었다. 나는 특히 오후반일 때 늦게 학교에 가고 늦게 집에 오는 것이 참으로 낯설었다. 당시에 흔치 않던 워킹맘이었던 엄마는 일찍 출근을 하고, 돌봐주시던 이웃 할머니가 학교 갈 시간을 챙겨 주셨는데도, 나는 종종 오후의 등굣길이 너무 어색하고 헷갈렸었다. 방과 후 하굣길은 초등학생인 어린아이가 집에 오기에는 이미 꽤 늦은 시간이었는데, 나는 집에 오는 육교 계단에서 자주 넘어지곤 했다. 울면서 집에 왔을 때는 돌봐주시던 할머니는 안 계시고, 엄마는 아직 퇴근 전인 그런 애매한 시간대였다. 나는 울면서 엄마 직장에 전화를 걸어 오퍼레이터에게 다짜고짜 말했다.
"여보세요, 우리 엄마 바꿔 주세요."
처음에는 "엄마가 누구시니?" 물어보던 오퍼레이터도 나중에는 내가 울면서 전화를 걸면 바로 엄마를 바꿔 주곤 했다. 그렇다고 엄마가 바로 집에 올 수 있는 것도 아니었고 나는 그 이후로 몇 번을 더 육교 계단에서 넘어졌다. 그리고 비슷한 에피소드와 문제들이 몇 번 더 생긴 후, 도저히 안 되겠다 싶었던 엄마가 결국 직장을 그만두셨다.

그런데 카페 계단에서 옴짝달싹 못하고 서 있던 직원에게서 30년 전의 어린 내가 보였다. 카페 직원은 다행히 소리를 듣고 달려온 동료의 도움을 받고 있었는데, 그때의 어린 나는 넘어져 다친 무릎도, 엄마가 옆에 없어 슬픈 마음도 혼자 달래야 했나 싶었다. 삼십 년이 지난 지금까지 그런 마음을 가지고 있었다는 것도 이제 알았다. 지금은 내가 엄마가 되고 나니 당시 엄마의 마음도, 그리고 서른일곱이 되었지만 그 안에 일곱 살 어린 소녀가 살고 있는 나 역시 알게 되었다. 감정이란, 기억이란, 이런 것이구나. 이렇게 오래가는 것이구나 하면서…. 당시에 나조차 몰랐던 어린아이의 마음을 이제야 대면하게 된 느낌이었다.

자연스레 출근길에 어린이집에 맡기고 온 어린 딸, 꿈이가 생각났다. 오늘도 떨어지기 싫어 울던 아이의 얼굴이 떠올라 눈물이 줄줄 흘렀다. 이대로 더 울어 버리면 출근할 수가 없기에 나는 얼른 냅킨으로 민망해진 눈을 쓱쓱 닦고 다시 가던 길을 갔다. 워킹맘의 딸이었던 나, 다시 워킹맘이 되었구나. 그리고 이제는 내 딸이 어린 시절의 나처럼 또 한 명의 워킹맘의 딸이 되었구나.

'워킹(Working)'만 하다
'맘(Mom)'이 되었다

대학 졸업 후 4~5년가량 일을 하다 결혼을 했다. 결혼하고 나서도 똑같이 일을 했다. 아니 일만 했다. 맞다, 나는 워커홀릭이었다. 그러다 보니 임신도, 출산도 늦어졌고 결혼 7년만인 서른다섯이 되어서야 비로소 '맘(mom)'이 되었다. 이전까지의 내 인생에서는 '워킹(Working)' 이라는 키워드밖에 없었는데 어느 날 '맘(Mom)'이라는 키워드가 등장한 것이다.

주변을 돌아보면 여자는 언젠가 아이를 낳고 엄마가 되는 것이 너무나 당연한 것처럼 보이지만 실제로는 하루 24시간 밀착, 나의 존재가 절대적인 작은 생명, 요구 사항은 끝이 없고, 월급은 당연히 없으며, 서른다섯 인생에서 처음 접해 보는 새로운 형태의 '갑' 모시기가 시작되었다.

그런데 이거 원… 맘(Mom)이라는 역할은 세상에 태어나서 처음 해보는 일이 아닌가? 여기에는 나를 대체할 사람도 휴가도 없다. 아이 아빠 또는 육아 도우미가 그 일부를 도울 수는 있으나, 뭐랄까 부모와 아이의 관계에는 절대적으로 엄마의 역할이 많다. 인간을 비롯한 대부분의 포유류는 태어날 때부터 그렇게 프로그래밍되어 있다.

우리는 절대적인 갑-을의 관계로 나는 세수는커녕 옷 갈아입을 시간도 없이, 육아 유니폼처럼 늘 같은 옷을 입고 늘 같은 부스스하거나 꾀죄죄한 모습으로 맘(Mom)으로의 출산 휴가 및 육아 휴직 기간을 보냈다. 한마디로 이 시기의 삶은 '육아 좀비'의 시간이라고 보면 된다. TV 광고에서 아이를 유모차에 앉히고 곱게 화장을 한 채, 나풀거리는 원피스에 하이힐까지 신고 또래 아이 엄마들과 빛나는 웃음을 짓고 있는 모습은 현실에서는 결코 존재하지 않는다.

동시에 이전까지 '워킹(Working)'만 알던 내 인생에 '맘(Mom)'으로서의 입문과 첫 실행 과정이었던 출산 휴가와 육아 휴직은 경력에 공백을 만들었다. 매뉴얼도, 계약서도 없는 '맘(Mom)'으로서의 갑을 관계는 나를 매 순간 멘붕에 빠뜨렸다. 이건 수억짜리 프로젝트를 수주하는 것보다, 가장 까다로운 클라이언트를 설득하는 것보다 더욱 어려웠다. 간혹 거울에 비친 내 모습은 너무 낯설었고 아이를 돌보는 것이 내 일임을 알지만 뭔가 사회의 명함 속에 있던 내 이름과 집에 갇혀 종일 육아 노동을 하는 '육아 좀비'로서의 나는 너무나 다른 느낌이었다.

직장에서의 나, 사회인으로서의 나는 없고 육아 좀비이자, 아이의 엄마, 그리고 동네 아줌마로서의 나만 있는 것 같아 서글픈 날들도 많았다. 오랜 시간을 워커홀릭으로 살았지만 회사의 내 자리는 잘 있을까 불안하기도 했고, 사회적으로 나의 존재는 그저 한없이 쪼그라들어 버린 것 같은 느낌도 들었다. 뭔가 나는 다르고 특별하다고 여겼던, 적어도 나 스스로에게는 우쭐했던 근거 없는 자신감이 실종되었다. 그냥 동네 아줌마 속에 묻혀 버리니 일상의 크고 작은 결정마저도 어려워지는 것만 같고, 나라는 사람은 그냥 어디론가 훨훨 날아가고 껍데기만 남아 있는 것만 같았다.

그러나 이런 생각을 길게 할 틈도 없다. 아이를 낳아 기른 사람이라면 누구나 다 경험했겠지만, 집에 있으면서 이렇게 바빠질 거라고 생각해 본 적 있는가? 단언컨대 육아는 명절 때 수십 장의 전을 부치는 노동력보다 더한, 클라이언트와 막판 계약 협상 시 필요한 정교함보다 더한 고차원의 노동력 및 정신력을 필요로 하는 작업이다.

게다가 출산하지 얼마 되지 않아 몸이 덜 회복된 상태에서 아이를 들었다 났다 하다 보니 손가락이 쑤시고, 무릎과 허리는 저리고, 몸 구석구석에서 팍삭 늙고 있다는 신호를 팍팍 보내온다.

게다가 일상의 인간관계, 특히 어른 사람이라고는 며칠에 한 번 만나는 택배 아저씨들뿐, 들리는 건 라디오 DJ들의 목소리뿐이다. 이 얼마나 정서적으로마저 한없이 고독한 작업인가? 그러나 멘탈이 탈탈 털리는 나날들을 매일같이 아이를 돌봤다. 다행인 것은 하루하루 육아와 살림력이 향상되고, 지난 30여년간 사용하지 않은 근육이 새로운 기능을 하면서 살길을 찾게 되는 것 같다. 한 손으로 애를 안고, 다른 한 손으로 분유를 타며, 입으로는 옆에 걸린 수건을 물고, 동시에 옆에 있는 의자를 발로 끌어당기는 육아 밀착형 아크로바트력 향상! 동시에 아이도 무럭무럭 컸다. 그사이 사회인으로서의 나는 까맣게 잊고 살 수밖에 없었지만 말이다…

그리고 아이가 겨우 혼자 서기를 시작할 무렵, 복직을 준비하며 워킹(Working)과 맘(Mom)을 동시에 하기 위한 준비도 시작했다. 이전에 내 인생에서는 단일의 키워드로만 존재했던, 워킹이거나 맘이거나 했던 단일 노동의 시절을 지나 워킹과 맘을 함께하는 워킹맘(Working-mom)으로서의 데뷔가 그렇게 다가오고 있었다. 그러나 그때는 몰랐었다. 워킹만 하든, 맘만 하든 하나만 하는 것이 그나마 쉬운 시절임을. 그리고 초보 워킹맘으로서 출산부터 최소 2년까지가 가장 어렵고, 가장 감성적이라 멘탈이 하루하루 탈탈 털리는 에피소드가 시작되었음을. 육아 좀비를 끝내고 워킹맘으로서의 데뷔는 이렇게 시작되었다.

\ 내 인생 또 다른 '갑'의 등장과 함께 육아 좀비가 되었다.

복직 준비 1:
직장을 계속 다닐 수 있을까?

복직 두 달 전, 시간이 조금 남았지만 어떤 형태의 아이 돌봄 수단을 결정하든(시터 or 어린이집 or 가족의 도움 or 병행) 적응 시간이 필요할 것 같아 일찌감치 육아 플래닝을 시작했다. 아이를 낳기 전부터 가장 맘에 걸리고 걱정이었기에 어떤 선택을 한들 참으로 답답한 부분이다.

게다가 나나 아이 아빠 둘 다 한창 일할 나이이자, 조직의 중간 관리자이고 퇴근 시간을 예측할 수 없는 격무와 야근에 시달리는 직업이다. 그래서 육아 플래닝을 한다 하더라도 아이를 규칙적인 패턴으로 손수 돌보기가 쉽지 않을 것이 분명했다. 그래서 거의 반년을 고민했고 마음이 안 놓이는 엄마의 마음이 복직을 할 것인지 말 것인지, 복직을 한다면 언제 할 것인지 고민하느라 오르락내리락 롤러코스터를 탔지만 대충 그 윤곽을 잡았다.

일단 내가 복직을 생각하며 가장 먼저 결심한 것은 '퇴사'였다. 이 책을 읽으시는 분들은 '헉, 퇴사라니? 이 책 워킹맘 이야기 아니었어?'

라며 책 제목을 다시 확인할지도 모르겠다.

　아이를 낳기 전까지 그러니까 워킹맘 하던 시절에 나는 글로벌 컨설팅펌에서 경영 컨설턴트로 일했다. 나는 주로 글로벌 기업을 클라이언트로 두었었는데, 이 바닥을 조금이라도 아는 분이라면 아이를 낳기 전까지 내 생활이 어땠을지, 왜 아이를 늦게 낳았는지, 복직을 앞두고 왜 갑자기 퇴사를 결심했는지 이해하시리라….

　그동안의 내 삶은 그야말로 일에만 초점을 둔, 눈 떠 있을 때나 잠자고 있을 때나 그저 일 생각만 하는 삶이었다고 생각하면 된다. 일상은 월화수목금금금이고, 어쩌다 쉬는 주말이라고 해도 급한 제안 작업이나 클라이언트의 요청 업무가 있으면 당연히 일하는 것이 기본인 근무 환경이다. 가족이나 개인 생활을 핑계대는 것은 이 업계에서는 프로답지 못하다는 핀잔만 돌아올 뿐이다.

　출장도 잦아 아시아, 유럽, 북미, 남미 등지를 여기저기 바쁘게 날아다녔고 나는 퇴근 시간을 예측할 수 없는 삶을 살았다. 퇴근하려고 짐을 다 쌌다가도 갑자기 매니저나 클라이언트에게 중요한 전화가 오면 그날 퇴근은 다음 날 새벽으로 미뤄지는 일들도 많았다.

　그런데 중요한 것은 그럼에도 불구하고 나는 내 일을 꽤나 좋아했다는 점이다. 업무 강도가 세고, 스트레스도 만만치 않았지만 내게는 잘 맞는 일이었다. 힘든 만큼 성장의 보람도 컸다.

　그러나 아이를 키우는 입장이라면 이건 다른 상황이 된다. 엄마인 내가 퇴근이나 출장 일정을 예측하기 어렵다면, 근무 환경이 월화수목금금금이라면, 늘 스트레스에 절어 산다면? 단지 내가 하고 싶다는 의욕만으로는 어려운 일이었다. 그래서 나는 힘들지만 그래도 내가 참 좋아했던 컨설턴트라는 직업을 그만하기로 했다. 지금도 돌이켜 보면 너무도 아쉽다. 하지만 이제는 맘으로서의 인생도 있는 법. 내가 하고 싶은 일만 하며 살 수 없다는 것을 인정하는 순간이었다.

이제는 일도 하고, 아이도 키워야 하는, 어느 것 하나도 더욱 또는 덜 중요하다고 할 수 없는 두 가지를 동시에 해야 함을 인정하고 칼퇴근은 바라지 않더라도 적어도 월화수목금금금은 면할 수 있는, 현실적으로 일과 육아를 함께 저글링 할 수 있는 직장을 다시 찾기 시작했다. 커리어적으로는 많은 부분의 포기가 필요했고 이로 인해 서글픈 마음이 없지 않았으나, 이내 나는 현실을 받아들였다. 이것도 워킹맘으로 살아가는데 받아들여야 하는 운명이려니….

적어도 당장은 아예 커리어를 내려놓거나 그동안 해 왔던 일과 다른 일을 해야 하거나 하는 극단적인 선택을 해야 하지 않는 것만으로도 감사한 일이라고 생각하기로 했다. 아쉽기로 말하자면 끝이 없지만 좋은 쪽으로 생각하자면 그래도 희망이 있을 테니까. 나는 내가 할 수 있는 여건 안에서 엄마라는 제1 책임과 그와 동시에 사회인으로 책임을 동시에 이어갈 수 있도록 현실과 타협(?)하였다. 그동안 TV에서 보았던 아이를 낳아도 싱글과 똑같이 일할 수 있는 환경은 현실에서는 존재하지 않았다. 만약 그런 사람이 있다면 또 다른 누군가가 엄마의 역할을 완벽히 대신해 주고 있을 뿐이라는 것.

복직 준비 2:
아이는 누가 보지?
육아 에코 시스템 구축

'띠리리리링!'

육아 좀비로 집에서 아이를 돌보는 동안 택배 아저씨 연락용으로만 사용되던 휴대 전화에 오랜만에 낯익은 전화번호가 찍혔다. 회사의 인사팀!

"안녕하세요, 인사팀입니다. 육아 휴직 기간 종료가 얼마 남지 않아 연락드렸어요."

"아, 네⋯. 실은 제가 복직이 아니라 퇴사를 준비하고 있습니다. 자세한 이야기는 매니저를 찾아뵙고 매니저를 통해 인사팀에 보고 드리도록 할게요."

같은 직장으로의 복직이 아니라 이직으로서 사회 복귀를 결심하고 나는 열심히 잡서치를 시작했다. 다행히 내가 이전에 담당했던 업무 쪽으로 연계되는 분야가 많아 최근 구직 시장이 그다지 좋지 못한 상황임에도 여러 군데에서 인터뷰를 보게 되었다. 잡서치와 인터뷰 과정을 거치는 동시에 나는 복귀 후 아이를 양육하기 위한 육아 에코 환경 구축을 위해서도 서치를 시작했다. 일단 내가 고려한 것은 가족의 서포트, 시터(입주 시터, 출퇴근 시터) 그리고 어린이집이다. 잡서치도 쉽지는 않았지만 육아를 위한 서치도 만만찮았다. 일단 나는 친정이든, 시댁이든 아이를 전담하여 맡아 줄 상황이 되지 못하였다. 그리하여 뭐든 파트타임으로 두 형태를 이어 활용해야 할 것 같은데 우선 내가 먼저 생각한 육아 에코 시스템 구축의 과정은 이렇다.

1. 가족의 도움을 받을 수 있는가?

우리는 양가 어르신들이 모두 가까운 지역에 사신다. 하지만 친정엄마는 아직 일하시느라(가족 중 제일 바쁘신 분) 그쪽엔 기댈 수가 없고 시어머니는 건강이 좋지 않아 요양 중이시다. 일단 가족의 도움을 받는 것은 절대 불가.

그리하여 나는 육아 독립군, 워킹맘이 됨을 인정하고 잠시 실의에 빠졌었다. 정말 누구네 집은 아에 아이가 친정이나 시댁에 가서 주중을 보내고 오는 '기숙사' 형태의 육아를 지원해 준다는데 나는 어쩌다 잠시도 도움을 받기는 어렵겠구나 싶으니 대체 어찌 일을 하고 아이를 기를지 가닥이 잡히질 않았다.

2. 입주 시터

입주 시터를 생각해 봤다. 물론 비싸다. 그러나 육아 선배들은 한 사람이 버는 거 다 쏟아부으라고 한다. 그래, 돈은 그렇더라도 좋은 사람을 구한다는 보장이 없다. 간혹 주변에 좋은 시터를 구한 사람들은 전생에 지구를 구했다는 칭찬을 듣는다.

내가 전생에 지구를 구했기를 염원해 보다가도 다시 생각해 보면 엄마인 나도 아이를 하루 종일 보는 것이 힘든데, 시터에게 하루 종일 맡기는 것이 아이를 먹여 주고 재워 주고는 하겠지만, 그 이상의 역할을 해 주기는 어려울 것 같다. 내가 가장 금기시하는 TV나 하루 종일 틀어 놓고 아이가 그것에 노출된다면 그건 더욱 싫다.

게다가 입주 시터를 쓰려면 방을 하나 내어 드려야 하는데 그러려면 대출도 왕창 받아 집도 큰 데로 옮겨야 하는데…. 후유, 이것도 답이 안 나오네.

3. 어린이집

임신과 동시에 여기저기 예약을 걸어 놓은 덕에 이곳저곳 연락은 많이 오긴 했다. 물론 구립·시립 이런 곳은 꿈도 못 꾸고, 아직 아이가 너무 어려서 정원이 많은 구립·시립 어린이집보다는 가정식 어린이집이 좋을 것 같았다. 여기저기 가 보기는 했지만, 딱히 뭐랄까 끌리지 않았다. 대부분이 아파트 1층에서 운영하는 곳들인데, 그 어린이집이 탐탁지 않다기 보다, 어린이집이라는 곳 자체가 나에게도 꿈에게도 처음이니 여기에 아이를 맡겨도 될지 걱정이 많았다.

하지만 적어도 이상한 시터나, 할머니, 할아버지가 TV를 하루 종일 켜 놓고 아무것도 안 해 주는 것보다는 차라리 보육교사가 돌봐주는 곳에 보내는 것이 낫지 않나 싶기도 했다.

최근 어린이집 아동 학대 사건이 너무 많아서 맘에 걸리지만 그래서 이왕이면 평가 인증받은 곳, 서울형 어린이집 위주로 골랐다. 물론 아무리 인증을 받아도 학대 사건은 계속 일어나지만 그래도 조금이라도 감시의 눈이 많은 곳이면 선생님들도 긴장하지 않을까 싶은 막연한 마음이었다.

하지만 어떤 것도 완벽한 대안이 될 수는 없었다. 어린이집에 아직 돌도 되지 않은 아이를 하루 종일 맡기는 것도 어렵고 말이다.

결국 생각한 것이 시터와 어린이집의 병행이다. 오전에 출근할 때 내가 아이를 맡기고 3~4시경에 파트타임 시터를 고용하여 퇴근 전까지 부탁드리는 방법.

복직 전에는 하루 2시간 정도만 적응 차원에서 보내고, 복직 한 달 전부터는 실제 시간에 맞춰 아이를 등원시키고 하원 시간에 맞춰 시터가 픽업할 수 있도록….

후유, 그래도 참 마음이 안 놓인다. 이제라도 애원을 해서라도 시댁이나 친정의 도움을 조금이라도 받아야 하는 건가 싶기도 하고, 이게 맞나 싶기도 하지만 고르고 고민하고 또 고민해서 나온 결정이 이거라는 것. 베스트는 아닐지라도 이것이 내게는 최선이고, 나머지 부족한 부분은 주말에 최대한 아이에게 몸과 마음을 쏟는 것으로 보태야지 생각하면서….

그리고 걷기는커녕 일어서지도, 심지어는 스스로 앉지도 못하는 아이를 베개에 비스듬히 앉혀 놓고 휴대 전화로 아이의 증명사진을 찍어 줬다. 어린이집 등록을 위한 생애 첫 슬픈(?) 증명사진을….

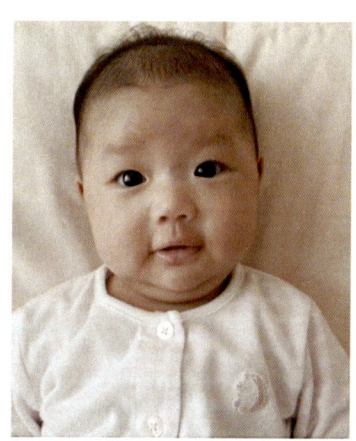

\ 꿈이의 생애 첫 증명사진.
당시에는 이제 조금(?) 컸으니 어린이집에 보내도
되겠지 싶었는데 지금 다시 보니 이 조그맣고 어린
아이를 어떻게 남의 손에 맡길 수 있었는지 가슴이
아프다.

육아 아웃소싱,
가족의 탄생

지금은 탕웨이의 남편으로 더 유명해진 김태용 감독이 만든 '가족의 탄생'이라는 영화가 있다. 혈연은 아니더라도 여러 상황 및 인연으로 새로운 '가족'이 된다는 스토리인데, 꿈이를 낳고 복직을 하면서 우리 가족도 나름의 새로운 '가족의 탄생'을 경험했다.

새로운 가족은 지금 친정엄마나 시어머니보다도 내게 가장 절대적인 존재, 바로 꿈이를 돌봐주시는 시터 이모님!

아이를 낳고 특히 복직하면서 정말 수도 없이 많은 문제들이 생겼다. 물론 그중 대부분이 예방할 수도, 그렇다고 뭔가 완벽한 추후 솔루션을 적용할 수도 없는 육아 문제들이다. 아이는 좀 전까지 멀쩡하게 잘 놀다가도 갑자기 열이 나곤 했는데 그런 날은 하필 휴가를 쓸래야 쓸 수 없는 평일이거나 또는 곧 출근을 준비해야 하는 일요일 밤이다. 육아에 도움을 줄 가족이 없는 나는 이럴 때마다 '아, 나는 일하기엔 저주받은 운명인가?'를 한탄하다가도 그래도 이것 하나만은 내가 복 받았구나 싶은 존재가 바로 이모님이다.

시터 이모님을 알아볼 땐 주변의 시터 괴담들이 더 또렷하게 떠올랐다. 아이가 갑자기 없어졌다거나, 이상한 걸 먹인다거나 덜 닦인 그릇에 음식을 준다거나, 엄마 앞에서는 잘해 주다가 CCTV 사각지대에선 가혹 행위를 하던 것을 이웃이 알려 줘서 알았다는 등등. 그리고 시터의 국적이나 풀타임, 파트타임의 유무에 따라서도 많은 차이점이 있다. 이것저것 다 못 미더웠던 나는 하루 종일 아이를 어린이집에 두는 것도, 그렇다고 혈연관계도 아닌 시터의 손에 하루 종일 맡기는 것도 못 미더워 그 중간인 오전은 어린이집, 오후는 시터로 절충안을 택했다.

근데 이 절충안의 치명적인 단점이 있다. 바로 아이가 어린이집에 가는 오전에 갑자기 아프면 백업이 없다는 것이다. 가족이라면 가능할지 모르겠지만, 시터 이모님은 사실 엄연한 계약 관계의 아웃소싱 아닌가? 내가 할 수 있는 일이라고는 제발 꿈이가 오전에는 안 아프기를 간절한 마음으로 기도하는 것뿐이었다.

하지만 꿈이는 꼭 일요일 오후부터 아플 조짐을 보이면서 월요일 새벽에는 꼭 열이 났다. 그것도 열이 나면 거의 40도에 가깝기 때문에 해열제를 먹여서 어린이집에 보낼 수도 없다. 감사하게도 이모님은 이런 상황에는 아침에 일찍 와 주셨다. 물론 아무리 이모님이 좋은 분이시고, 초과 근무 수당을 드린다 해도 아침 6시에 일찍 와달라고 부탁하는 건 쉬운 일이 아니다. 게다가 꿈이는 아프기 시작하면 일주일은 심히 앓기 때문에 일주일 내내 오전에 와 주셔야 하는데도 막히는 출근길을 뚫고 서둘러 와 주셨다.

우리 시터 이모님은 자타 공인 육아 독립군 워킹맘인 나에게 매우 중요한 라이프 파트너이다. 육아 독립군의 절대 보스는 직장 매니저 도, 양가 부모님도 아닌 바로 시터 이모님이다. 농담같지만 진심으로 하는 말이 우리 집에는 계급이 있는데(카스트 제도를 본 딴) 1계급 브라 만은 이모님, 2계급 크샤트리아는 꿈이, 3계급 바이샤는 남편, 맨 마 지막 계급, 아니 아예 계급도 없는 불가촉천민은 바로 나다. 일하다가 아무리 바쁘더라도 이모님의 문자나 전화는 꼭 바로 회신한다.(물론 이 모님은 꿈이가 아프거나 당장 급한 거 아님 연락을 안 하신다)

당연히 요즘 우리 가족에게 가장 중요한 분은 이모님이다. 특히 주 변에서 시터로 마음고생하는 사람들을 볼 때마다 더더욱 감사한….

시터 이모님은 처음에 합의된 아이와 관련된 집안일 이외에도 가끔 다른 집안일을 도와주시기도 한다. 솔직히 처음에는 이모님이 해 주 신 음식의 간이 많이 낯설었다. 하지만 나는 불평하지 않았다. 이건 우리를 위해 보너스로 해 주시는 건데 그저 감사하게 먹자는 마음으 로 계속 먹다 보니 이젠 예전에 먹던 간이 밍밍해졌다.(어찌 불가촉천민이 브라만에게 반찬 투정을 하리. 감히 어딜?)

가끔 사람들이 묻는다. 좋은 시터 이모님을 만난 비결이 무엇이냐 고. 글쎄… 그건 정말 내가 전생에 지구를 구했거나, 육아 독립군이자 육아 난민의 신세를 가히 여긴 하늘에 계신 분의 은혜? 사실 나는 정말로 운이 좋은 경우이고 큰 비결은 없다. 지역 맘카페에서 자주 활동했던 덕에 그 커뮤니티를 통해 추천받아 운 좋게 현재의 이모님을 만나게 되었다.

그러나 지금까지 큰 문제없이 이모님과 일 년 반을 잘 지낸 비결은 있다. 우선 나는 이모님을 정말 우리 가족, 아니 그 이상으로 생각한다. 이모님이 워낙 성품이 좋은 분이기도 하지만 주변에서 아이를 돌봐주시는 분을 '아줌마'라고 부르거나 "아줌마를 갈아 치워야겠어요." 하는 식의 하대하는 엄마들을 가끔 볼 수 있다. 물론 다른 이유가 있을 수도 있겠지만 나는 진심으로 존중하는 사이에서만 싹틀 수 있는 관계의 힘을 믿는다. 내가 서비스에 대한 대가를 지불하는 고용주의 입장이라 생각하지 않는다. 나의 소중한 일부를 돌봐주시는 분이므로 내가 드리는 월급만으로는 늘 부족하다고 생각한다. 따라서 내가 일하는 동안은 나의 소중한 아이를 돌봐주시는 중요한 분임을 마음속 깊이 인정하고 그 시간 동안 이모님의 보호 및 보육의 방식을 전적으로 지지한다. 그리고 진심으로 감사드린다. 이것이 비결이라면 비결이다.

우리 집의 새로운 가족의 탄생은 이렇게 이루어지고 있다. 조만간 이모님의 큰따님이 결혼한다고 들었다. 마음 같아서는 차라도 한 대 뽑아 선물할 재력가면 좋겠다 싶지만, 현실은 마음을 담은 선물을 준비해야겠다. 그리고 시집가는 따님이 이모님의 손주를 안겨 줄 때까지는 우리 꿈이를 친자식처럼 봐주시길 기대하면서…(너무 큰 바람인가?)

"이모님, 정말 감사해요. 이모님은 저희 가족과 꿈이에게 이미 소중한 가족이십니다. 제가 이렇게 회사 다닐 수 있는 건 다 이모님 덕분이에요."

육아 난민

아이를 낳기 전에는 '육아 난민'이라는 신조어가 그냥 그러려니 하고 들렸다. 뭐 육아에 도움을 받고자 친정이나 시댁 근처로 이사하는 사람들이 그들인가 보다 했다. 그리고 그땐 내가 이 대열에 합류하게 될 줄도 몰랐다.

결혼 6년 만에 임신을 하고 양가에 임신 소식을 알리자마자 육아를 도와주실 수 있는지를 조심스레 여쭸다.(그리고 그다음으로 한 것은 어린이집 대기 올리기였다.) 친정엄마는 일하고 계시고(이 책 제목처럼 워킹맘인 나의 엄마는 원조 워킹맘이다, 현재까지), 그 와중에도 주재원으로 혼자 해외에 나가 있던 큰사위 때문에 고생하는 워킹맘 큰딸(나의 언니)을 못 본 체할 수 없어 급한 일이 생길 때마다 조카를 봐주셨기에 나는 친정 쪽으로는 처음부터 도움을 구할 수 없었다.

마침 우리 아이가 시댁에서는 첫 손주였고 시부모님도 은퇴 후 집에 계셨기에 하루 종일은 아니더라도 어린이집 하원 후 하루 2~3시간 정도 돌봐주실 수 있는지를 여쭤 보았고 어떻게든 도와주시겠다는 말씀을 믿고 시댁 근처로 이사하게 되었다. 그러나 결과적으로 정말 도움이 필요할 때는 시어머니의 건강 문제로 도움도 못 받게 되었다. 이사까지 했는데 말이지.

　어쩔 수 없이 오전에는 어린이집, 오후에는 시터 이모님을 구해서 아이를 돌봤다. 육아 독립군의 처지를 하늘이 굽어보셨는지 괜찮은 어린이집(물론 이 어린이집에 보내기 위해서 엄청난 검색과 발품을 팔고, 대기 번호에도 목숨을 걸어야 했다는 거. 이 과정은 경영 컨설턴트로 쌓은 나의 폭풍 정보 검색 실력 및 분석력 등이 요긴하게 발휘되었다. 엑셀 파일에는 집에서의 거리, 보육 시설, 엄마들의 평가 등등의 분석 기준을 정해 놓고 약 백여 개에 달하는 리스트를 분석했다. 아마 내가 이전에 참여했던 어떤 컨설팅 프로젝트와 비교해도 손색없을 정도로 예리하게) 그리고 좋은 이모님을 만날 수 있었다.
　그러나 아이가 자주 아프고 우리 부부도 야근 등으로 출퇴근하시는 이모님을 제때 퇴근시켜드리기 어려운 날들이 늘어나고, 아침에도 종종 더욱 일찍 나가야 하는 때가 생겨나자 시터 이모님 댁 근처로 이사하는 것을 고민하게 되었다. 그러나 문제는 여기서부터 시작! 일단 육아 난민의 이사에는 고려 사항, 부담 및 리스크가 너무도 많다.

1. 물론, 정말 감사하게도 이모님께서 같은 동네로 이사하면 좀 더 도움을 많이 주시겠다고 하셨다. 그러나 이모님 댁은 강동, 우리 부부의 직장은 강남과 강서이다. 출퇴근 시간이 좀 더 늘어난다.

2. 이모님 댁 근처의 아파트는 새로 지은 단지가 많아 전셋값이 엄청

나다. 추가로 꽤 많은 대출을 받아야 한다.(이놈의 대출…. 대출 없는 인생은 내 삶에 없는 것인가?) 그나마 전세가 잘 나오지도 않는단다.

3. 현재 사는 집의 전세를 기한 전에 빼 줘야 하기 때문에 새로 이사할 집에 맞춰 우리 집에 이사 올 사람도 구해 줘야 한다. 법적으로 기한 전에 나가는 것이므로 부동산 중개 수수료도 우리가 물어야 한다. 아, 부동산 및 이사 업계 매출에 지대한 공을 세워 주는구나.

4. 아이가 어린이집을 다녔기 때문에 집에만 있으면 너무 심심해했다. 이사를 하더라도 어린이집을 병행하는 게 좋을 것 같은데 그사이에 만 1세가 넘은 아이의 대기 번호를 보니 깜깜해진다. 보니까 만 1세 대기가 제일 긴 것 같다. 게다가 어린이집이 어떤지 알아봐야 하는데 이건 뭐 선택의 여지가 없으니….

5. 하늘이 또 한 번 이 육아 독립군을 굽어보시어 이사하는 동네에 어린이집 자리가 나더라도, 아이를 적응시키는 시간이 걸릴 텐데, 이건 또 누가 하는가? 결국 다 엄마의 몫 아닌가?

이 모든 문제들이 그나마 잘 풀리는 시나리오는 '0.1%라도 더 싼 이자로 대출을 받아, 하늘의 별 따기로 나온다는 전셋집을 구해서 현재 살고 있는 집도 잘 빠지고, 그 동네 좋은 어린이집에 자리가 나서 아

이가 잘 적응하는 것!'

그러나 이렇다 해도 사실 가족이 아닌 이상 시터 이모님의 상황이 바뀔 수도 있고, 늘어난 출퇴근 시간 때문에 이모님 댁 근처로 이사한 것이 큰 소득 없이 생돈 들여 고생만 왕창한 것으로 끝날 수도 있다. 그리고 기약 없는 대출 이자 갚기와 남 좋은 일 시킨 이사비와 부동산 중개 수수료는 영영 내게서 빠이빠이한 채, 마이너스 통장만 배 불리게 되는 꼴….

육아 난민의 삶은 이렇다. 결국 이렇게 수많은 리스크가 있음에도 불구하고 가족의 서포트를 바랄 수 없는 육아 독립군 워킹맘은 또 빚을 얻어 시터 이모님 댁이 있는 낯선 동네로 이사하기로 마음먹었다. 주위 사람들은 참으로 특이한 선택을 했다고 하지만 아마 내 맘을 이해하는 분이 계시리라. 정말 어쩔 수 없다는 것, 지푸라기든 썩은 동아줄이든 알 수 없는 옵션이더라도 잡을 수밖에 없다는 것이 육아 난민이 삶이다. 이 과정에서 얼마나 속상하고, 돈은 돈대로 들고, 남편과 다투고, 아이를 보면 또 울고 그러면서도 출근을 했다. 마치 내게 이런 일이 있었냐는 표정으로 일상이라는 화장을 하고 다시 출근을 하고, 일을 하고 또 퇴근을 했다.

결국 우리는 시댁 근처로 이사한 지 채 일 년도 안 돼서, 이모님 댁 근처로 또다시 이사를 했다. 이제 이사 때마다 흠이 날까 봐 마음 졸이던 가구들은 여러 번의 이사로 흠이 날 때로 나서 오히려 더 이상 마음 졸이지 않아도 되었다. 그리고 또 한 번 엄청난 어린이집 찾기

삼만리로 발품을 팔아 겨우 아이가 다닐 수 있는 곳에 입소했다. 그 후로 빚 부자가 된 점, 출퇴근 거리가 늘어난 점이 아주 크게(?) 불편하기는 하지만 그래도 마음은 조금 편해졌다. 물론 이 쌓인 빚들을 바라보면 속이 답답하지만 적어도 아이를 돌볼 수 있는 더 나은 환경을 만들었다는 것이 어디냐 싶다. 이렇게 결정하고 실행에 옮기기까지 또 많은 어려운 점들이 있었지만 그래도 이런 선택이라도 할 수 있어 다행이라고 생각한다.

다시 사회로,
복귀 첫 달

출산 휴가 3개월에 이어 육아 휴직 6개월 총 9개월을 육아 좀비로 지내다 다시 사회인으로 돌아왔다. 정말이지 복직은 첫 취업과는 또 다른 아니 그보다 훨씬 어려운, 뭐랄까 오스트랄로피테쿠스에서 호모 사피엔스가 되는 진화의 과정을 속성으로 거친다고 표현하면 맞을까?

정신은 집 안 어딘가에 두고 출근한 것 같고, 기억력도 가물가물, 비즈니스 용어와 동료들의 이름은 입에서만 맴돌고, 예전에 내가 작성했던 회의 자료들을 보면 '아니, 내가 이렇게 대단한 걸 만들었단 말이야?' 싶을 정도로 복직 후 발견한 나의 모습은 그야말로 리셋된 그냥 자연인이었다.

딱 한마디로 요약하자면 복귀 첫 달의 증상은 정신은 집에 두고 몸만 출근했다고 보면 된다. 분명 십 년 이상을 일해 왔는데 이건 왜 신입 때보다도 더 정신이 없는 건지… 이건 뭐 생각해야 하는 일은 물론, 손과 시간이 드는 일 가릴 것 없이 이렇게 정신 나간 상태로 느릿느릿 버벅대면서 과연 계속 일을 할 수 있을지 스스로 의구심이 들 정도의 나를 발견한다. 한때 일 잘했던 그 빠릿빠릿하던 나는 어디로 간 건지 모르겠다. 이로 인한 스트레스로 신경성 위염이 찾아오고 스트레스 때문인지 눈이 침침하고 피곤이 상당히 오래가는 상태로 첫 한두 달이 지나간다.

시간적인 부분은 또 어떠한가? 아이가 없던 홀가분한 시절에는 새벽같이 출근해서 미진한 부분을 보완하기도 하고, 아이디어를 좀 더 구체화하기 위해 야근, 철야도 밥 먹듯 했건만 이제 심각한 야근, 계획에 없는 철야는 원천적으로 더 이상 불가능하다. 이제는 아이가 있으니 일에만 온전히 몸과 마음을 다 던지는 일은 어려워졌다는 것을 절감했다. 모든 건 주어진 시간 내에 할 수 있는 만큼만 끝내는 것을 원칙으로 삼아야 한다는 교훈이 따라왔다. 사실 시간과 체력이 있으면 훌륭한 퀄리티의 업무는 어느 정도 담보되겠지만 나는 현실을 고려해서 다음과 같은 룰을 정했다.

- 시간을 정해 놓고 그때까지 끝낼 수 있는 현실적인 목표를 잡는다.
- 계속 정신이 각출한 상태로 회사에 다닐 수는 없으니, 일단은 점심시간을 조금 희생하는 등의 추가 시간을 확보한다.
- 회사와 일이 내 하루의 전체가 될 수가 없다. 집에 가면 육아와 집안일도 해야 하므로 나의 상태를 돌봐야 한다.

이모님이 가사와 육아의 많은 부분을 도와주시지만 컨트롤 타워는

'나'이므로 한 번에 죽자 식으로 몸과 마음을 던지면 다음 날은 온전히 살아갈 수 없다. 이제 내가 아프면 내 하루만이 망가지는 것이 아니라 꿈이 돌보기는 물론, 회사에서도 누군가가 나를 대신해 줄 수 없는 법. 괜한 오기나 아집으로 낭비할 시간과 에너지가 없다.

이렇게 생각하고 나니 뭔가 효율성을 내는 데에는 일단 돈이 들어간다. 추가 시간이 필요하다면 지하철 대신 택시를 타야 하는 식으로 …. 그래서 나는 일단 완벽한 사회인으로 돌아왔다고 느낄 때까지 돈으로 해결할 수 있는 건 과감히 돈으로 해결하자고 마음먹었다. 오해마시라! 나는 갑부가 아니다. 그러나 빠듯한 시간과 체력, 그리고 아이를 돌봐야 하는 의무 중에서 그나마 현실적으로 타협할 수 있는 건 어느 정도의 비용임을 인정해야 한다는 뜻이다. 예를 들어 교통비를 아끼려 대중교통만을 고수하다 결국 길은 길대로 막히고, 일은 일대로 못하고, 체력은 체력대로 바닥내는 실수를 하지 말자고 다짐했다.

그래서 복귀 후 첫 달은 하루 왕복 3만 원이라는 거금의 택시비를 눈 질끈 감고 지출했다. 그러나 스멀스멀 택시비가 무지 아까워지며 대중교통을 이용하고 싶은 순간이 몇 번 있었으나, 괜히 돈을 아끼려다 돈보다 더한 것을 잃을 수 있으니 그러지 말자고 마음을 다잡았다. 그리고 그것을 지켰다. 하루에 3만 원씩, 총 출근일 20일을 곱하면 한 달에 60만 원이라는 거금이 되지만 일과 환경이 익숙해질 때까지는 다른 신경 쓸 부분을 줄이도록 택시를 타고 다녔다. 돈도 돈이지만 파김치가 된 상태로 지하철, 버스를 번갈아 타며 지친 상태로 출근하여 하루를 시작하고, 집에 와서 아이에게 써야 할 힘을 퇴근으로 다 써 버린다면 이는 금전 이상의 자원을 낭비한 셈이 된다.

그리고 마지막으로 가장 중요한 결론은 이 생활은 장기전이기 때문에 틈틈이 나를 위한 시간을 꼭 마련해야겠다는 다짐이었다. 택시에서 음악을 듣든, 점심을 빨리 먹고 10분 동안 산책을 하든, 나를 위해 쓰고 생각하는 시간을 놓치지 말자 식으로 말이다. 이 모든 일과 육아의 저글링도 나를 돌봐야 더 잘할 수 있는 법이므로 감정적(분노하거나, 상황을 비난하거나, 잘못한 선택이었다고 스스로를 책망하거나, 울거나)이 되지 않도록 나를 위해 아주 짧은 시간이라도 꼭 허락해야 한다는 깨달음을 얻었다.

지금 다시 돌이켜 보면 복귀 첫 달을 너무 쉽게 생각했던 것 같다. 그냥 나는 일하던 사람이니까 원래 있던 곳으로 돌아가는 거로 생각했었다. 그러나 실제로는 이제 워킹맘으로서 나라는 새로운 사람이 새로운 환경에 적응하는 중요한 단계가 바로 복귀 후 첫 달이었다. 비결은 조급해하지 말자는 것, 그리고 문제나 실수에 최대한으로 너그러워지는 것, 이 두 가지뿐!

출산과
기억력의 상관관계,
그리고 카리스마

다들 아이를 낳고 기억력이 예전 같지 않다는 얘기들을 한다. 아이를 낳으니 챙겨야 할 것도 많고 특히 일과 육아를 같이 하는 워킹맘에게는 더욱더 그러하다. 그러다 보니 하나둘씩 깜빡하는 탓도 있을 테고 요즘 다들 서른이 넘어 더 이상 어리지 않은 나이에 출산을 하다 보니 노화도 한몫 보태는 것 같기도 하다. 또 과학적으로 증명되었는지는 모르겠지만, 무통 주사나 출산 시 사용하는 약물들이 기억력 감퇴의 일부 원인이라는 얘기도 있다. 뭐 이 셋이 복합적 시너지를 내면서 폭발적으로 사람이 바보가 되는 것 같기도 하고.

아이러니하게도, 나는 자타 공인 '미친 기억력'의 대명사였다. 내 최고의 재능이다. 뒤끝을 길게 가져가지 않도록 아무리 잊으려 해도 안 잊히는…. 특히 나는 어떤 키워드를 떠올리면 본능적으로 그날의 날씨, 분위기, 그 일이 있던 날 상대가 입었던 옷이나, 말하는 어조며, 말투, 요일 등등이 멀티플 공감각으로 동시에 떠오르는 비상한 기억력을 갖고 있었다.

암기는 또 어떠한가? 나는 외국어든, 국어든 일단 한 번만 보면 단어를 외운다.(대신 수학과 과학은 젬병이었으니 꼴불견이라 생각하지는 마시길. 하늘은 공평하다) 그리고 암기 과목은 이해가 안 되면 무조건 다 외워버렸다. 그래서 내 평균 내신을 올려 준 고마운 과목들은 외국어와, 가정, 교련, 사회 등등. 그런데 이런 하늘이 내린 미친 기억력이 어디로 갔는지 출산 이후 심각한 기억력 감퇴가 찾아왔다.

일단 이건 뭐, 챙길 게 너무 많다. 아침에 내가 세수를 했었는지, 이모님께 부탁드릴 일을 메모해 놨는지 기억 안 나는 건 뭐 그러려니(세수를 안 해도 화장만 하면 사람들이 못 알아 보고, 이모님께는 출근해서 전화로라도 부탁드리면 되니까) 아무리 이사한 지 얼마 안 되었지만, 엘리베이터에서 우리 집이 몇 층이었는지 생각하는 것도 한창, 우리 집 대문 앞에서도 이 집이 딴 집인 줄 알고 대문에 '죄송합니다.'를 외치고 천치 놀이를 하는 나를 보고 남편도 정말 심각하다고 말할 정도이다.

회사에서는 어제 실컷 들은 얘기를 메모해 뒀어도 다음 날 '네?' 하는 표정으로 이미 하얘져 버린 기억력은 이게 어제 정말 있었던 일이었는지, 꿈이었는지 분간하는 회로조차 작동을 안 하는 정도. 책도 한참 읽다가 '아, 맞다! 이거 읽었던 책이네.' 하는 경우도 다반사. 정말 비상하고 총명한 내 기억력은 어디로 간 걸까? 이사한 뒤에도 전입 신고를 안 한 것을 일주일이 지나서야 떠올린 적도 있다. 아, 이건 정말 중요한 건데….

어쨌든 떨어진 기억력이 총명탕을 먹는다고 돌아올 것 같지도 않고 나름의 대책으로 너무 많은 욕심을 부리지 않기로 했다. 예를 들자면, 전에는 이사를 하면 하루 이틀 만에 얼른얼른 정리해서 안정을 찾고 싶었다면, 이제는 속도 대신 정확도를 높이고자 천천히 하더라도 사용하는 곳의 동선을 고려하자로 바꾸었다. 아이에 대한 지나친 욕심도 줄었다. 그리고 직장 일도 집으로 끌고 오지 말고 회사에서 가급적 끝내되, 꼭 가져와야 하는 급한 일이라면 딱 한정된 시간에 할 수 있는 정도만 가져오는 걸로 마음을 먹었다. 이렇게만 해도 꽤 많은 To-Do 아이템을 줄일 수 있고, 내 기억력 저하도 조금은 나아질 것이다.

나도 나이를 먹어 간다. 그리고 안타깝게도 생물학적으로 몸은 늙어 기억력은 퇴화하는데, 삶의 무게는 늘어나는 탓에 더 많은 기억력을 필요로 한다. 결국 이를 현명하게 쓰는 방법밖에 없다. 안타까워한들 무엇하리? 사라진 기억력은 돌아오지 않는 것을….

게다가 카리스마는 어떠한가? 워킹맘 친구들과 비슷하게 나누는 이야기 주제 중에 기억력 감퇴 다음으로 나오는 것이 '카리스마 실종(또는 결정 장애)'이다. 카리스마가 실종되다 못해 아예 소멸된 것이 아닐까 싶은 씁쓸한 에피소드가 많아진다.

그중 하나의 에피소드는 백화점에서 생겼다. 요즘 아침마다 옷장과 씨름을 하는데(옷장 정리하면서 다 내다 버려 입을 옷이 없거나, 옷은 있는데 살이 쪄서 없는 것과 다름없는) 사태(?)를 해결하려 어제 잠시 백화점에 들렀다. 이 얼마나 오랜만인가! 마침 시즌 세일까지 해서 춤이라도 추고 싶은 기분으로 여성복 코너로 사뿐히 도착했다. 마침 내가 자주 입는 브랜드까지 살뜰하게 세일 중이다, 아싸!

하지만 평소에 내가 여기서 뭘 샀었는지 기억도 흐리흐리, 어렵게 하나 집었는데 가격도 착하다. 아, 그때 떠오르는 엄마의 얼굴.
"싸다고 무조건 사지 마라. 한철 입고 말래?"
혼자서 고개 끄덕이며 다른 매장으로 발걸음 옮겨 주시고 또 뭔가 뒤져서 하나 집었으나 그때 떠오른 언니의 얼굴.
"가로 줄무늬는 뚱뚱해 보여."
그래, 언니 말도 맞아! 다시 또 다른 매장으로 옮겨 또 하나 집었을 때 떠오른 남편의 얼굴.
"그런 디자인은 엉덩이 커 보인다."

결국 온 가족의 얼굴이 떠오르며 가상의 구박을 각각 경험하고 백화점을 나와 버렸다. 옷 사는 데 이렇게 큰 결정 장애를 경험하다니. 돈은 굳었을지 모르나 내일 아침 나는 또 옷장과 씨름하겠구나.

2장

워킹맘의
매일 전쟁

워킹맘의
출근길

'띠링 띠링'

오전 6시, 알람이 울린다. 피곤에 찌들어 알람이 울려야 힘겹게 일
어나는 날도 있기는 하지만, 거의 5시 40~50분경 눈을 떠서 알람이
울리기 전에 알람을 끄는 경우가 많다. 그리고 내가 이렇게 일찍 일어
나는, 또는 일어날 수밖에 없는 이유가 있다. 출근 준비 이외에 아이
의 등원 준비 및 시터 이모님께 부탁할 일들을 미리 적어 놓거나, 준
비물을 챙겨 놔야 하기 때문이다. 특히 주말이 끝나고 한 주가 시작되
는 월요일은 어린이집에 새로 빤 낮잠 이불도 보내야 하고, 그 주에 있
을지 모르는 생일 파티, 견학이나 소풍, 기타 특별 활동의 준비물을 미
리 점검해 두어야 하므로 좀 더 바쁘다.

어린이집 수첩을 챙기고, 시터 이모님께 부탁할 수첩까지 두 개를
쓰고, 특히 아이 반찬거리나 목욕 비누 등의 꼭 사야 하는 것이 있으
면 얼른 인터넷에 들어가 예약 배송도 해 두어야 한다.

그리고 나서 10분 이내로 씻기, 옷 입기 및 초스피드 메이크업을 마

치고 집을 나선다.(아이라인 그리는 시간을 줄이기 위해 복직하고 난생처음으로 반영구 아이라인 시술을 받았는데 정말 탁월한 선택이었다. 덕분에 메이크업이 2~3분 안에 끝나는 신기록을 달성했으니 말이다) 아이가 자고 있을 때는 아이 얼굴을 한 번 보고, 또는 아이가 예상치 못하게 일찍 깨서 "엄마, 가지 마!"를 시작하면 어르고 달래서 겨우 단화를 신고 뛰쳐나오는 출근길.

집에서 회사까지는 약 15km. 팀장이라고 회사 건물에 차를 댈 수 있는 주차증도 나왔건만 차는 출퇴근이 나보다 좀 더 불편한 남편에게 양보하고 나는 평소대로 뛰기와 버스와 지하철 환승의 콤비네이션으로 출근한다. 서울 어느 지역이나 마찬가지겠지만, 출근길 동네 주민들은 나와 함께 출근 레이싱을 함께하는 동반자 내지는 경쟁자가 된다. 이들과 함께하는 나의 출근 레이싱 루트는 이렇다.

1. 버스 정류장까지는 도보 7~8분 거리. 그러나 나는 주로 뛰니까 한 5분? 예쁜 하이힐이나 가방은 이미 개한테 줘 버렸다. 이렇게 뛰는 데는 백팩과 단화가 필수! 구두는 회사에 도착하면 갈아 신는다. 내 회사 책상 아래에는 상황별로 필요한 신발들이 4~5켤레가 장착되어 있다는 것은 공공연한 비밀!

2. 지하철로 갈아탄다. 버스에서 내리자마자 지하철역으로 향하는 사람들은 모두 러너가 된다. 나도 물론 뛴다. 가끔 뒤편의 군중들을 물리치고 1등으로 지하철역으로 들어가기도 하는데, 묘한 그러나 참으로 쓸데없는 성취감이 든다.

3. 지하철 다른 라인으로 환승한다. 물론 환승할 때 최대한 시간을 줄일 수 있는 최적의 위치에 서 있는 것은 이미 일상의 센스. 자리는 거의 없다. 회사는 서울에서 가장 붐비는 강남역 한복판에 있으니 타기만 해도 다행이다. 한 노선으로 길게 오가는 원거리 출퇴근자는 쪽잠이라도 잘 텐데 나는 계속 갈아타야 해서 잠은 못 잔다.

   일단 지하철에 발을 들이면 아줌마 순발력을 발휘하여 몸 둘 곳을 물색하여 종종걸음으로 이동한 뒤, 메고 있는 노트북 가방을 선반에 올려 둔다. 이렇게 하지 않으면 붐비는 지하철 내내 달팽이 집과 같은 짐을 메고 있느라 아침부터 어깨가 뻐근하고 힘이 빠진다. 워킹맘의 에너지는 천연자원보다 더 중요한 일상의 자원! 어떻게 해서든 조금이라도 아껴야 한다.

4. 도착지인 강남역에서 하차. 운 좋게도 가장 붐비는 지하철역인 관계로 역사에 많은 편의 시설이 있다. 경보로 살짝살짝 뛰어가며 회사로 가는 길에는 단골 김밥집이 있다. 이제 이 김밥집의 주인 아주머니든, 아르바이트생이든 나를 보면 단번에 안다. 단골 메뉴 야채 김밥을 빛의 속도로 싸 들고 사무실로 올라간다.

5. 드디어 회사에 도착! 아무리 피곤해도 김밥 한 줄, 커피 한 잔이면 다시 일할 모드로 몸과 마음이 세팅된다. 물론 맨날 먹어서 지겹고, 칼로리만 높고, 영양가도 없는 김밥 대신 좋은 음식을 챙겨 먹

어야 한다는 것은 알지만, 이 모든 것을 챙기는 것은 시간적, 체력적으로 엄두가 안 나는 일이다. 적어도 뭐라도 먹을 수 있는 것에 충분히 감사한다.

\ 워킹맘에게는 단화와 백팩만 필요할 뿐!
출근길에는 이 둘을 장착하고 열심히 뛰자!

어쨌든 여자는
욕을 먹는다

tvN에서 나왔던 드라마 '미생'. 나는 미생을 정말 재미있게 봤다. 회사를 배경으로 한 드라마들은 뭐랄까, 실제 직장 생활을 안 해 본 작가가 쓴 억지스러운 상황들이 많았는데 미생은 장소, 배경, 등장인물, 게다가 언뜻언뜻 보이는 프리젠테이션 자료나, 컴퓨터 화면에 비치는 보고서도 정말 리얼하다. 아이 때문에 본방은 꿈도 안 꾸고 다시 보기로 뒤늦게 따라잡기 하며 본 미생의 어느 에피소드에서 박 과장이 안영이를 보며 한 말.

"쟤는 결혼을 하면 제2의 선 차장이 될 테고, 결혼을 못 하면 김선주 부장이 될 거야."

여기서 선 차장은 열혈 워킹맘으로 육아와 일을 힘겹게 병행하고 있는 캐릭터이고, 김선주 부장은 재무팀 부장으로 깐깐하기로 소문난 워커홀릭 여자 싱글이다.

사실 이런 대목은 실제 직장 생활에서도 많이 접하게 된다. 결혼을 하면 한 대로 "아이 엄마는 저래서 안 돼."라는 식의 욕을 먹고, 미혼으로 일에 올인하여 고속 승진을 하더라도 조금만 성격(?)을 드러내면 "저 래서 시집을 못 가지."라는 욕을 먹는다. 여기에 또 있다. 돌싱이면 "이 혼해서 저래. 또는 저러니까 이혼했지."라는 욕을 먹을 것이 뻔하다.

하지만 남자는 결혼을 했건, 안 했건, 이혼을 했건 그냥 사람 자체 로 평가 받는다. 미생에서 나오는 박 과장이라는 캐릭터는 앞에서는 아첨하고, 돌아서면 안면 몰수하는 표리부동한 사람이지만, 아무도 그의 결혼 여부와 관련해서 욕하는 사람은 없다. 그럼에도 불구하고 왜 여자만 결혼이나 이혼 여부로 욕을 먹는 걸까?

이유는 요즘은 일하는 여성의 비율이 높지만, 여전히 대부분의 조직 들이 남성 중심으로 돌아가는 곳이 많기 때문인 것 같다. 이들의 시선 에서 보니까 트집을 잡히는 것 같다. 사실 욕할 구실은 어떤 팩트나 인 격의 문제이지 결혼의 여부 때문은 아니다. 그러나 여자는 뭘 해도 그 걸 구실로 욕을 먹게 된다. 나 역시 누군가에게 욕을 먹고 있을 것이 다. 칼퇴근을 하면 여자는 결혼하면 저래서 안 돼, 어쩌다 부스스하게 출근을 해도 애 엄마라 자기 관리 못 한다는 식, 회식을 빠져도 저래 서 사회생활하겠나 식으로. 그러나 나의 결론! 어차피 입방아를 찧어 대는 인간들은 어디서든 무슨 구실을 대든 나불댄다.

그런데 남자들이 나불대는 것보다 더 어려운 경우가 있다. 바로 워 킹맘인 나의 직속 상사가 '미혼 여자 사람'인 경우이다.

굳이 미혼 여성 팀장을 묘사하려 하지 않아도 주변에 능력 있는 여성분들이 팀장이 된 경우를 봤을 것이다. 특히 대기업처럼 바쁜 환경에서는 육아나 가사에 더욱 자유로운 미혼 여성들이 승진이 조금 더 유리한 건 사실이다.(인정할 건 인정해야지)

이들이 한결같이 드라마에 나오는 것처럼 악질 노처녀 팀장은 아니다. 일단 한 팀을 이끌어 가야 하는 위치에 오르기 위해서는 요즘은 인격도 한몫하는 분위기이기도 하고… 그러나 아무래도 회사 일에 아이를 낳아 키우고, 가사를 돌보는 역할까지 동시에 하는 워킹맘을 온전히 이해할 수는 없지 않을까? 아마 머리로는 이해하지만, 가슴까지 합쳐서는 이해하지 못할 것 같다. 이건 캐릭터의 한계라기보다 인간의 특성상 직접 경험하지 못(안)한 것을 직접 경험한 것처럼 꿰뚫어 공감하고 이해하기란 거의 불가능에 가깝기 때문이다.

아마 많은 일들이 있을 것이다. 미혼의 여자 사람 상사인 그녀는 워킹맘을 이해하지 못할 것이다. 그리고 간혹 프로답지 못하다는 핀잔을 할 것이다. 그녀는 진심 알 도리가 없기 때문에.

- 왜 내가 늘 허겁지겁 밥하다 온 여자 같은 머리를 하고, 드라이한 지 일 년은 된 것 같은 코트를 교복처럼 입고 다니며, 늘 5분씩 약속이나 한 것처럼 지각하는지.
- 왜 회사에서 그것도 자리에 앉아 아이를 봐주시는 시터 이모님(또는 친정엄마, 또는 시어머니 또는 누구든)과 통화를 해대는지. (굳이 변명하자면 나도 원래는 화장실이나 빈 회의실 가서 몰래 통화를 했었다. 프로페셔널하게 보이려고. 그러나 빈 회의실도 여의치 않고 왔다 갔다 하는 것이 더 시간 걸리고 번거로워서 그냥 자리에 앉은 채로 철판 깔고 통화하게 되었다는)

- 왜 갑자기 생기는 회식에는 참석할 수 없는지.

- 왜 1박 2일 워크숍이 부담스러운지.

- 같이 일하는데도 왜 남편은 육아에 참여를 안 하고, 나만 이렇게 다 하는 건지. (그 건 같은 팀 남자 직원 김 과장을, 팀장인 당신이 편애하는 이유이기도 하다. 그건 맞 벌이하는 김 과장 와이프가 육아+일을 2배의 슈퍼 파워로 하기 때문이거든. 그런 슈퍼 맘 덕분에 김 과장은 갑자기 생긴 회식도, 1박 2일 워크숍도 다 오케이하는 거거든! 그 게 다 그런 거거든. 우리 집만 이상해서 그런 게 아니거든요)

- 왜 그렇게 뭔가를 깜빡깜빡하는지. (출산하면 원래 기억력이 감퇴하거든요)

그러나 결론적으로 어차피 그녀는 상사다. 그리고 그녀는 가족이 아니다. 그렇기에 우리는 그녀가 노처녀 히스테리를 부리든, 상사로서의 정당한 컴플레인을 하든 이해해야 하는 을의 숙명이라는 것을…. 아, '저래서 시집 못 갔지.' 또는 '시집을 못 가서 저러지.' 이런 마음이 드는 날에는 동네 맘카페에서 넋두리를 늘어놓는 것보다, 당신의 상사가 미혼 여자 사람이라면 간절히 그녀가 이해심 많고 훌륭한 인품이 지녔기를 기도하는 게 좋을 것이다.

결론은 남자든 여자든 동료든 선배든 상사이든 워킹맘이라는 이유로 누가 뭐라 하든 신경을 끄자. 그들이 뭐라 한다고 스트레스를 받는다면 그건 나만 손해! 어차피 이를 개선하기 위한 당장의 솔루션은 없다. 그냥 나중에 내 딸이 워킹맘이 되었을 때는 사회가 그리고 사람들이 조금 달라지기를 바랄 뿐, 내가 할 수 있는 일은 없다.

\ 미생의 선 차장 에피소드를 보고 눈물을 흘리지 않은 워킹맘이 있을까? 겉으로 보이는 것처럼 워킹맘의 삶은 화려하지 않다. 워킹맘은 그저 치열하게 두 역할을 하고 있을 뿐이다.

출근길,
아이와 헤어지기

돌 무렵부터 아이들은 주 양육자에 대한 애착이 강화되고 낯가림이 심해져 엄마와 떨어지기 싫어한다. 그리고 두 돌 무렵에는 가지 말라고 말까지 하니 아침 출근길은 더욱더 마음이 무거워진다. 종종 아침에 출근 준비하는데 욕실 문이 철컥 열리면 아뿔싸! 머리 감고 있었는데 아이한테 딱 걸린 것이다. 겨우 아이를 달래가며 옷을 후다닥 갈아입으니…

"엄마, 어디 가?"

헉, 또 시작이겠구나.

"으응, 엄마 회사 가."

그 이후는 불 보듯 뻔하다. 징징징 잉잉잉.

이럴 땐 뭐든 하나 손에 쥐어 줘야 하기에 화장 도구 옆에 있는 비즈 목걸이를 급 쥐어 줬다.

아, 그런데…

'좌르르르르.'

목걸이가 끊어져서 비즈가 바닥에 데굴데굴.

괜찮다, 정말. 아끼는 목걸이지만 길거리표라 괜찮다고 스스로를 진정시키고 아이가 다칠까 봐, 화장하던 손으로 데굴데굴 굴러가고 있는 비즈를 줍는다.

나가려는데 같이 나가겠다고 떼를 쓰기 시작하는 아이. 이럴 땐 출근이 나보다 조금 늦은 아이 아빠가 아이를 안고 함께 나온다. 꼬마버스 타요의 '로기' 보러 가자고 꼬셔서···.

드디어 운명의 횡단보도 앞

나: "엄마 안녕해야지."

아이: "징징징."

나: "엄마가 오늘 하루만 회사 다녀오면 주말 이틀 내내 꿈이랑 놀 수 있어."

하지만 아이는 여전히 징징.

나: "엄마가 오늘 퇴근하면서 어제 꿈이가 사달라고 한 뽀로로 스티커 사올게."

드디어 징징 멈춤.

나: "그러려면 엄마가 회사 가서 일도 열심히 하고 돈도 벌어 와야 해. 자, 엄마 빠빠이!"

또 이런 날도 있다. 월요일이라 어린이집 준비물 챙길 게 많아서 더 일찍 일어났건만, 이것저것 챙기다 늦어져서 그사이에 아이가 깨 버렸다.

나: "엄마 회사 다녀올게."

아이: "잉잉잉."

그런데 전처럼 심하진 않다.

아이: "물 찍어 줘.(이건 물펜으로 그림 그리는 두들북을 꺼내달라는 뜻)"

두들북을 꺼내 주고 아이가 제일 좋아하는 폴리 사운드북의 버튼도 눌러서 켜 줬다.

"스쿨비~ 포스티~ 클리니는 내 친구~♪"

나: "엄마 다녀올게."

아이는 전처럼 울지 않고 열심히 두들북에 물을 찍고 있다.

신발을 신고 현관문을 닫으며 다시 아이를 보았다. 지난주 내내 열감기를 앓아서인지 더욱 가늘어만 보이는 아이의 등이 안쓰럽다.

아이가 가지 말라고 우는 날도, 다른 것에 집중하느라 안 우는 날도 그저 불편한 출근길. 내 마음은 이런 데 아이는 어떤 생각을 할지 궁금해진다. 아이는 외로움을 이미 인정한 걸까?(예전의 나처럼?) 요즘 날이 선선해져서인지 너무 눈물이 많아졌다.

"딸아, 비록 요즘 엄마가 울보가 되었지만, 엄마도 노력을 많이 하고 있단다. 좋은 하루 보내고 저녁에 만나자."

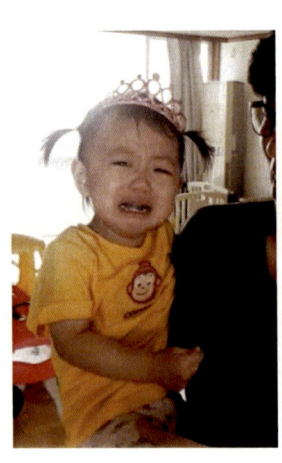

\ 아침에 헤어질 때. 엄마 가지 말라고 눈물을 주룩주룩 흘리는 날도 있고. 또 어느 날은 다 포기한 듯 쳐다도 안 보는 날도 있다. 이러나저러나 출근길 엄마의 마음은 늘 아이가 안쓰러울 뿐이다.

애 엄마라는
증거

환절기만 되면 여름, 겨울 관계없이 나는 감기에 걸린다. 감기로 찔 찔거리고 있는 요즘 무심코 들고나온 손수건이 아이의 가제 손수건. 옷은 풀 비즈니스 정장에 화장도 나름 애써 했는데 손수건은 곰돌이 팍팍 박혀 있는 아이의 가제 손수건이라니. 나름 클라이언트라고 목 에 힘주어 말하고 회의실을 나왔는데, 어째 대행사 담당자가 아이의 안부를 묻는 게 신기했다. 분명 내가 아이 이야기를 꺼낸 적이 없었는 데, 결국 내가 손수건으로 힌트를 준 셈이로군….

이것뿐만이 아니다. 어쩌다 경쟁사가 최근 론칭했다는 광고 캠페인 을 보려고 회사에서 유튜브에 접속했는데 이전에 봤던 플레이리스트 에 뽀로로, 코코몽, 폴리 등등으로 도배되어 있을 때가 있다. 왠지 손 을 번쩍 들고 있는 코코몽이 반갑게 느껴지는 마음이 든다. 하지만 회 의 중, 내 컴퓨터가 빔 프로젝터에 연결된 상황이라 회사 사람들에게 내 귀여운(?) 플레이리스트를 모두 보여 주게 되는 날은 뭔가 비밀을 들킨 것 같은 느낌이다. 평소에 팀장이라 목에 힘 주고 목소리 낮게 깔고 말하던 내 모습이 한순간에 훨훨 사라지는 것만 같은 느낌이랄까? 그런데 나도 원래는 안 그랬다. 나도 최신 음악 찾아 듣고, 감각적이고 세련된 영상들 찾으려고 접속했던 사이트라고! 이제는 아이의 전유물로 바뀌었지만….

내가 명품 가방을 개에게 줘 버리고, 매일 메고 뛰어다니는 노트북 가방에는 더한 비밀이 숨겨져 있다. 회사에선 야근이 어려우니 집에 와서 아이가 잠든 후에 일을 해야 하는 것이 일상이 되어 노트북을 들고 다니는 건 이제 일도 아니다.

내 노트북 가방 속에는 우리 회사 중장기 디지털 전략 보고서부터, 본사에서 온 가이드, 곧 론칭할 디지털 프로젝트 제안서도 들어 있지만, 아이의 콧물이 묻어 있는 손수건, 길에서 갑자기 아이가 떼 쓰거나 울 때를 대비한 폴리 비타민, 아이의 머리핀, 주말에 다녀온 코코몽 랜드에서 받은 판촉물, 가끔 아이의 장난감이 들어 있는 경우도 있다. 아주 간혹 이게 왜 여기 들어가 있는지 알 수 없는 작은 생활용품도 들어 있는데 이건 아이가 넣어 둔 것으로 추정된다. 게다가 언제 틈이 날지 몰라 폭발하는 나의 독서 욕구를 채워 보겠다고 들고 다니는 책들까지….

내 가방은 터져 나갈 지경이고 어깨는 빠질 지경이지만 어느 날 마음먹고 이 중 하나를 정리하면 이내 그냥 어깨가 빠지더라도 가지고 다니는 것이 낫겠다 싶은 상황들이 발생하곤 한다. 그래서 나는 그냥 모든 걸 그냥 두기로 했다. 한마디로 나는 '달팽이', 육아와 일 그리고 일상에 필요한 소품들을 모두 이고 다니는 움직이는 집이 되고 있는 셈이다. 그리고 그럴 리 없겠지만, 누군가 내 노트북 가방 안에 있는 엄청난(?) 세계를 보게 된다면 나의 대답은 그저….

"그래, 나 애 엄마야!"

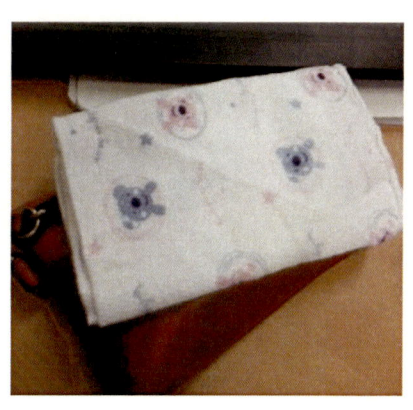

\ 풀 정장에는 안 어울리는 너무나 발랄한 곰돌이 가제 손수건

몇 살까지
아이를
뒷바라지할 수 있을까

회사 근처에 있는 별다방. 강남역 유명 어학원 근처에 있는 곳이라 그런지 아침 일찍부터 자리를 잡고 앉아 어학 시험 스피킹을 연습하는 듯한 학생들이 많다. 오늘은 주문한 커피를 기다리며 그들을 유심히 관찰해 봤다.

1. 그들은 일단 다들 트렌디한 노트북을 가지고 있다. 이외 스마트폰과 같은 최신 디지털 기기들도 추가로 가지고 있다.

2. 커피도 한 잔씩 시킨다. 여기 커피는 대략 5천 원쯤?

3. 차림새도 다들 멋스럽다. 고가 브랜드로 보이는 옷과 시계를 착용한 것이 그 근거?

4. 근처 어학원의 교재들을 가지고 있다.(근처 어학원들의 수강료도 만만찮다)

그렇다고 이들이 다 자비로 아르바이트를 해서 번 돈을 쓴다고 볼 수는 없다. 그렇다면 지금 저 자리에 앉아 있을 것이 아니라 어디선가 일을 하고 있어야 할 것이므로⋯. 그러나 저렇게 열심히 공부해서 취업한다고 해도 그들이 받는 순수 임금으로는 전셋집 마련도 어렵다. 특히 도쿄보다 물가가 비싼 서울은 당연⋯.

물론 나도 부모님의 지원을 꽤 받았다. 그러나 우리 부모님은 내가 딱 대학에 입학하던 첫 학기에만 월 15만 원의 용돈을 주셨고(이건 거의 차비, 그리고 딱 한 끼의 학교 식당에서 점심을 먹을 수 있는 금액에 불과했다. 2학기부터는 용돈은 아예 안 주시고 딱 학비만 대 주셨다. 물론 부모님 집에서 먹여주고 재워도 주셨지만) 한 살 터울의 언니는 늘 과수석이라 장학금을 받았는데 나는 어쩌다 한 번 장학금을 받을 뿐이라 정상적으로 등록금 고지서 날아오는 날에는 죄책감마저 들었었다. 대신 나는 아르바이트를 정말 열심히 했다. 학기 중에도 중·고등학생들 과외를 2~3탕은 뛰었고, 카페 아르바이트, 연말에 학교에서 동문들에게 달력을 보내는 근로 아르바이트, 콜센터 아르바이트도 해 봤다.

근데 요즘 친구들에게 내가 했던 방식을 강요하지는 못할 것 같다. 일단 분위기 자체가 '천상천하 유아독존'의 자세로 살 수 없는 세상이다. 아무리 자기 색깔을 가지거나 본인의 독창적인 삶의 방식을 갖는다고 해도 어느 정도의 스펙은 쌓아야 한다. 그러려면 경제적으로 정말 많은 돈이 필요하다. 결국 직접 벌거나 가족의 지원을 받는 것뿐인데 직접 벌려면 시간이 필요하고(시간도 경제 가치와 맞먹는다, 매우) 그렇게 아등바등해서 취업을 해도 생각보다 녹록지 않은 현실이나 더 녹록지 않은 연봉을 대하게 된다. 정말 '장미여관'의 노래, '서울살이' 가사처럼 '이래 벌어가꼬 언제 집을 사나♪'의 느낌이 노래 가사로만 남는 게 아니라 현실….

  결국 나와 내 아이를 생각해 보았다. 나는 어디까지 내 아이를 지원할 것인가? 그리고 그 선을 정한다면 현실적으로 언제까지 지원이 가능할까? 나 역시 이제 서른 중반을 훌쩍 넘어 후반으로 진입하고 있다. 현실적으로 경제 활동이 가능한, 내 경제 수명은 점점 줄고 있는지도 모른다. 물론 아이가 특출 나서 장학금도 받고 알아서 척척 해 주면 좋겠지만 이건 내가 노골적으로 기대해서는 안 되는 것이다.
  아이를 낳기 전까지 일하는 의미는 밀린 대출금을 갚고, 집을 사고, 차를 바꾸는 것이었다면, 엄마가 된 이후에는 내 아이를 뒷바라지할 경제력을 유지하는 것이라는 의미를 추가하게 되었다. 물론 이것이 다는 아니겠지만….

\ 엄마, 이거 마시고 힘내서 나 열심히 키우세요.
벌써 지치면 안 돼요.
이제 2년 키웠으니 앞으로 최소 20년은 더 힘내야 해요!

요즘
워킹맘이
더 힘든 이유

    갈수록 젊은 세대의 사회 진출이 늦어지면서, 덩달아 결혼, 임신, 출산도 늦어지고 있다. 물론 이를 다 포기한 삼포세대(또는 오포세대 급기야는 칠포세대)라는 신조어도 있고. 아무튼 일단 취업난이 심각하고 취업했다 하더라도 월급만으로는 감당할 수 없는 천정부지의 집값으로 젊은 남녀의 결혼도 늦어지니 이는 임신, 출산도 도미노 영향권에 들게 한다. 산후 조리원에서는 이미 이십 대 산모가 귀해진 것처럼 삼십 대의 출산(또는 그 이후)이 너무나 당연하게 느껴진다. 결론부터 말하자면 이것이 요즘 워킹맘을 더 힘들게 하는 원인이 되고 있다.

    서른을 훌쩍 넘어(나는 서른 중반에) 출산을 하고 나면 일단 체력적으로 회복이 느린 것뿐만 아니라 환경적으로도 일하기 어렵게 만드는 요소들이 늘어난다. 기본적으로 이 나이의 워킹맘들은 이미 사회 경력이 꽤 되는, 더 이상 주니어가 아닌, 중간 관리자인 경우가 많다. 이들은 단순히 윗사람 눈치만 보면 되는 게 아니라 업무에 상당한 책임을 지고, 평가해야 하는 아래 직원들도 있으니 윗사람, 아랫사람 눈치를 모두 봐야 하는 샌드위치 입장에 처하고 만다. 애 낳았다고 또는 아이를 키운다는 이유로 배려를 받더라도 이들의 책임까지 배려받지는 못한다. 그러니 당연히 일도 많고 책임도 무겁다.

가족 관계에서는 어떠한가? 서른 중반의 자식을 둔 부모님도 이미 나이를 드셨다. 그래도 워킹맘 본인이 첫 번째 자녀라 부모님이 그나마 아직 젊으신 경우를 제외하면 더 이상 손주를 돌봐줄 정도로 건강이 호락호락하지 않은 경우가 많다. 이럴 경우 육아에 도움을 받지 못하는 건 당연하다. 건강이 좋으신 편이라도 사회적으로는 경제력을 잃으신 경우가 많다. 이런 경우에는 아이를 돌봐주시는 대신 부모님의 생활을 책임져야 하는 경우도 많다. 게다가 형제자매가 결혼을 했거나, 또는 이미 조카들이 드글거리는 상황은 물론, 누가 돌아가시거나 누가 아프시면 줄줄이 가 봐야 하고 돈 들어가는 일들 투성이다.

물론 이런 상황들이 다 어떻게든 조정이 되고 부모님이 직접 아이를 봐주신다 하더라도 이로 인한 고부 갈등, 그리고 고부 갈등보다 더 무서운 친정엄마와의 갈등, 그보다 더 복잡한 차원의 왜 언니네 아이만 봐주고, 내 아이는 안 봐주냐 식의 형제 갈등은 아이를 봐줄 수 있는 부모의 능력이 전지전능하지 않은 한 종종 발생하는 부작용이기도 하다.

게다가 서른 중반부터 늘어 가는 몸의 징후들이 점점 나타난다. 머리는 안 돌아가고, 스트레스로 인한 위염과 두통, 소화 불량은 뭐 다들 하나씩은 달고 사는 것이니…. 건강 검진에서는 하나 이상의 수치가 너무 낮거나 높게 나오고, 아무리 비타민을 챙겨 먹어도 몸은 이상 신호를 계속 보내고, 그렇다고 운동을 본격적으로 하기엔 시간적 여유도 없다.

이러한 상황에서 아이를 돌보는 일이 하나 더 추가되니 요즘 워킹맘들은 더욱 힘들 수밖에 없다. 우선순위를 따지더라도 어느 하나를 뒤로 놓을 수 없다. 중요하고도 긴급한 미션들이 평행하게 진행되는, 많은 나이에, 일과 육아, 또한 가족의 일원으로서의 삶을 사는 것이다. 회사에서는 보스와 클라이언트의 욕을 먹고, 철없는 아래 직원들의 툴툴거림을 들어 줘야 하고, 마이너스 통장에 비가 좍좍 내리는데도 다가오는 전세 만기일에 보증금 올려달라는 전화에, 여기저기 대출 돌려막기를 해야 하고, 집에 가면 아이는 울고 있고, 부모님은 편찮으시고 하는 힘들다고 말할 틈도 없이 살아가는 것이 바로 이 시대의 워킹맘들이다. 나이 먹어 아이 낳고, 일하고 아이 키우고, 부모님 지원해드리고 보스에게 욕먹고 아래 직원들 눈치까지 먹고 살려면 어쩔 수 없다. 힘든 것은 힘든 것이고 그저 비타민이라도 하나 더 챙기며 내 몸 챙기며 살아가는 수밖에….

\ 내 어깨가 무거운 건
단지 양쪽으로 맨 가방 때문만은 아닐 거야.

육아 독립군 워킹맘,
진정 일과
육아의 병행이 가능한가

내가 사는 아파트에는 우리 아이보다 조금 큰, 한창 어린이집이나 유치원에 다니는 아이들부터 초등학생을 둔 가족들이 많이 산다. 이 집에 산지 거의 반년이 다 되어서야 같은 아파트에 사는 아이들의 얼굴도 익히고 또 그 아이들의 엄마들도 알게 되었는데 일단 나의 관찰 결과는 이렇다.

1. 아이가 둘인 워킹맘은 많지 않다.
2. 원래는 일을 하였으나 초등학교 들어가면서 전업주부가 되었다는 엄마들을 꽤 있다.
3. 초등학교 다니는 아이가 한 명이라도 있는 경우 대부분 전업주부들이다.

한마디로 1번과 2번의 결론이 3번 아니겠어? 초등학교 전까지는 아등바등 일과 육아를 저글링 하다가도 결국 초등학교를 고비로(특히 아이가 둘이면 더욱더) 선택의 기로에 서게 되는구나 싶다.

최근 내가 유심히 보고 있는 엄마가 하나 있다. 이 엄마는 8시 50분에 출근하면서 작은아이를 어린이집에 데려다 주고(큰아이는 전에 아빠가 데리고 유치원에 가는 걸 봤다. 누가 보면 스토킹이라도 한 줄 알겠지만 이건 순수한 나의 관찰 결과) 6시 10분 퇴근길에 다시 아이를 데리고 집에 온다. 그녀의 단정한 옷차림을 보면 분명 일을 하는 사람이다. 근데 여러 번 목격한 결과, 그녀는 늘 아이와 함께 8시 50분, 6시 10분의 루틴을 정확히 유지하고 있다. 나는 요즘 그녀와 친해지고 싶은 마음이 막 생기고 있다. 좀 친해져서 대체 어떤 직업이면 저 루틴을 지키며 일할 수 있는지 진지하게 물어보고 싶기 때문이다.

정부에서 워킹맘을 위해 많은 프로그램을 만들고, 혜택을 주고 있지만 이건 육아의 일부 시간을 커버하는 것에 불과하다. 실제로 급한 야근, 출장 등까지 커버하는 프로그램은 없다. 이건 가족의 서포트를 받거나 입주 이모님을 구하는 수밖에 없다.

최근 우리 아파트의 엄마들을 관찰하며 나 역시 아이가 초등학교에 들어갈 때 또 한 번의 고비를 겪겠구나 싶다. 결국 육아 독립군 워킹맘, 진정 일과 육아의 병행이 가능한가에 대한 대답은 이렇다.

1. 근본적으로 불가
2. 가족의 서포트가 있으면 가능
3. 입주 시터 등 돈으로 해결하면 가능?(입주 시터는 아이의 물리적 안전에 대한 보장일 뿐, 교육적인 부분은 포함되지 않는다)

나도 평생 일할 것 같이, 일 안 하면 못 살 것처럼 생각해 왔지만, 아이가 커가면서 엄마를 더 많이 필요로 한다는 것을 느낀다. 워킹맘의 자녀들이 학교생활, 학업 성취도가 낮은 것도 어쩔 수 없는 부분인 것 같다. 엄마의 손이 필요한 때에 절대적으로 시간이 부족한 엄마의 보살핌의 양과 질이, 시간이 좀 더 풍성한 전업주부의 정성까지 더한 보살핌과 당연히 상대가 안 될 수밖에 없다. 나도 이런 점을 인정하기까지는 정말 오랜 시간이 걸렸다.

서점에서 우연히 『하우스 와이프 2.0』이라는 책을 접하게 되었다. 책의 제목이기도 한 '하우스 와이프 2.0'을 이렇게 정의하고 있다.

"이들은 기성세대의 전업주부와는 다르게 교육 수준이 높고, 사회 문제에 관심이 많고 자연적이고 본능에 충실한, 전통적인 방법의 가사일을 자발적으로 하고자 하는 2세대 전업주부. 과거의 전업주부는 남성들에게 스스로를 낮추고, 아이들과 남편의 뒷바라지를 하며 남는 시간에는 아침 드라마나 보는 어머니상으로 비춰지곤 했다. 하지만 요즘의 커리어 우먼들은 돌연 직장을 그만두고 지방으로 내려가 농사를 짓거나 결혼, 출산과 동시에 전업주부를 택하고 있다. 이들이 보여 주는 전업주부상은 기성의 것과 전혀 딴판이다."

내 주변에서도 여기서 정의하는 의도일 수도, 아닐 수도 있지만 커리어를 중단(또는 이별)하고 아이와 가정을 돌보기 위해 전업주부가 된 친구들이 생기기 시작했다. 결혼, 출산과 동시에 전업주부가 된 것은 아니지만, 아이가 초등학교에 들어가면서부터 전업주부(하우스 와이프 2.0)이 된 셈이다. 일단 이들이 전업주부가 되기로 결심한 배경은 다음과 같다. 물론 다른 경우들도 많겠지만 내가 간접 경험한 케이스들은 이렇다.

1. 초등학교라는 새로운 변화에 적응해야 할 아이를 좀 더 돌보기 위해.
2. 엄마의 수입이 고스란히 시터 이모님이나 가사 도우미 등 아이의 보육료로 다 나가니까 차라리 엄마가 집에 있는 게 낫겠다 싶어서.
3. 1, 2번을 모두 포함하며, 보너스로 10년 이상 달려온 커리어를 잠시 내려놓고 아이를 돌보며 충전을 하고 싶어서.

근데 그 이후의 이야기도 벌써 내 주변에 나타나기 시작했다. 이미 아이를 초등학교에 적응시키고 다시 일을 찾는 경우이다. 일을 하다 집에 돌아와 가사와 육아에 집중하며 의미를 찾는 경우도 많지만 사실 오랜 기간 커리어를 가지고 살다가 누구누구의 엄마 누구의 아내로만 사는 삶이 생소한 경우도 많기 때문이다. 근데 이런 경우 몇 년의 경력이 공백이 생겼고 뭐 직종이나 업종에 따라서는 큰 마이너스가 없을 수도 있지만, 대부분은 다시 일을 찾을 때 이전의 커리어보다는 눈을 낮춰야 하는 경우도 생긴다.

　결론은 하우스 와이프 1.0, 2.0 또 3.0이든 관계없이 엄마라는 이름의 직업을 가지고 있는(또는 있었던, 또는 앞으로 다시 가질) 워킹맘들의 고민은 끊이지 않을 것이고 결국 각자의 환경과 소신에 따라 현명한 선택을 하는 수밖에 없다는 것이 진리.

혹시
뽀로로 엄마도
워킹맘?

곧 두 돌이 되는 아이. 요즘 정말 폭풍 말하기 실력을 뽐내고 있다. 이맘때의 아이들은 정말 습득 능력이 대단한 것 같다. (기억력과 총명력이 쇠락 중인 엄마는 그저 부럽구나) 매일매일 새로운 말을 내뿜는 아이가 한 말 중!

"뽀로로 엄마는 어딨어?"

헉, 이건 새로운 차원의 질문인데? 아이가 돌이 될 무렵 뽀로로를 입문하여, 나 역시 잠잘 때도 주제가가 맴돌 정도로 뽀로로와 한몸 되어 살아가고 있지만, 그 많은 뽀로로 에피소드를 함께 보면서도 뽀로로와 그 친구들의 엄마가 어디 있을까를 단 한 번도 생각해 보지 않았다. 근데 갑자기 이를 물어보는 아이의 생각은 완전 새로운데?

"그, 글쎄…. 뽀로로 엄마도 회사 갔나?"

신선한 아이의 질문에 참으로 허접한 엄마의 답변.

그리고 이어지는 나의 상상은 이렇다. 뽀로로와 친구들의 엄마들은 모두 워킹맘이었다. 사실 '뽀롱뽀롱뽀로로 숲'은 어린이집의 이름이었던 것이다. 뽀롱뽀롱뽀로로 어린이집. 여긴 엄마들이 너무 바빠서 아예 기숙사 제도로 운영되고 있고, 사실 돌봐주는 보육교사들이 있지만 내레이션의 관점이 전지적 뽀로로 시점으로 에피소드가 이어져서 어린이집 선생님이나 뽀로로 엄마가 등장하지 않는다는 것뿐? 이렇게 상상하고 더 이상 상상의 나래를 접었다. 더 상상하면 너무 슬퍼질 것만 같다. 근데 여전히 궁금한 것…. 왜 뽀로로 에피소드에는 엄마의 존재가 안 나오는 거지? 진짜 뽀로로 엄마도 회사에 간 건가?

＼ 뽀로로 엄마도 꿈이 엄마도 모두 회사 갔구나.

우울한
어떤 날

지금의 위치도 절대 공짜로 이루어진 것이 아니거늘, 하루하루 나와 싸우고, 남과 씨름하고, 아등바등 살아왔고, 살아가고 있건만 힘이 빠지는 한순간이 있다.

한 달 꼬박 일하고 받은 월급이 들어오자마자, 여기저기 빼 가는 은행, 카드사. 물론 내가 빌려 쓴 돈에 대한 응당한 절차지만 다 빠지고 통장에 남는 숫자가 너무나 초라하게 보일 때. 그조차 사회 초년생 때에 비하면 적지 않은 것이고 그리고 나보다 더 힘들게 일하는 분들을 생각하면 이렇게 생각하는 것조차 시건방진 것임을 알지만 말이다.

허상임을 알면서도 미디어에 비치는 저 높은 곳에 계시는(?) 로열층의 삶을 꿈꾸는 것이 아님에도 불구하고 그냥 내가 가진 것들이 그렇게 느껴지는 날이 있다. 빚을 갚으려고 엄청나게 달려왔건만 그래서 갚았건만 갚자마자 또다시 오르는 집값. 가족의 도움 없이 아이를 키우는데 들어가는 시터 비용, 빨리 집에 오기 위해 타는 차,(길게 운전해야 한다면 주유비도 비례하여 늘어나겠지) 주중에 못 놀아 줬으니 주말이라도 함께하기 위한 외출 시 사용한 돈,(그렇다고 사치를 하는 것도 아니다) 도저히 뺄 곳이 없다.

퇴근길, 우연히 쇼윈도에 비친 나를 보면서 나? 워킹맘, 그것도 육아 독립군 워킹맘. 아이가 남기는 반찬이 내 밥인 아침밥을 먹고, 늘 운동화 신고 뛰어서 출근하고, 퇴근한다. 네일? 그게 뭔가요? 먹는 건가요? 받을 시간도 없지만 받는다고 해도 거추장스러운…. 시간도, 마음의 여유도 없는 워킹맘!

그래서 그런지 가끔 싱글들을 바라보면 그들은 아침에 여유롭게 일어나 운동하고, 긴 머리카락도 여유롭게 싹싹 말리고, 아이섀도에 마스카라까지 하고, 불편해 보이기는 하지만 예쁜 뾰족구두 신고, 달랑달랑 핸드백 들고 출근하는 폴랑폴랑 자유와 여유와 함께 사는 것만 같다.

퇴근 시간이 다가오면 나는 남은 일을 다다다다! 어쩌다 일 겨우 마치면 누군가 또 급한 일을 줄까 봐 조마조마. 일 폭탄이면 일단 노트북에 다 챙겨 메고 일단 뛰어 집으로! 가서 아이랑 놀아 주고, 집 치우고, 재우고 그제야 다시 시작하는 나의 야근 시간.

싱글들은 야근이 생겨도 급회식이 생겨도 사내 동호회 활동까지 언제나 우아하고 여유로워 보인다. 저들은 야근도, 퇴근 후 시간도 왠지 나보다 여유롭고 우아할 것만 같다.

퇴근길 지하철에서 멍하니 허공을 응시한다. 지금의 수입을 유지하기도 쉽지 않은 일이고, 내 직장 수명이 무한한 것도 아닐 텐데 아등바등 지내서 내가 할 수 있는 것은 결국 빚을 없애는 것이 아니라 가진 빚을 유지하는 정도구나 싶은…. 바쁘게 달려야 겨우 현재를 유지하는데 그걸 유지한다고 뭐가 달라지나 싶은 생각도 든다. 이렇게 시름을 몇 번 되뇌다 보면 어느덧 지하철이 집 앞 정거장에 도착한다. 그래도 나는 다시 일어나 집으로 향한다. 나를 기다리고 있을 아이를 위해 조금은 빠른 걸음으로….

우울한 어떤 날이 있다. 그리고 다시 우울할 날도 올 것이다. 내가 이룰 수 없는 것들은 내가 할 수 있는 것보다 훨씬 많다.(아니 대부분이다) 그러나 이렇게 우울한 마음으로 가지고 살아야 내 삶에 득이 되는 것이 없다. 나는 그래도 걷는다. 아이를 만나러 집으로 간다. 또다시 고된 하루를 보내고 쳇바퀴를 돌아 다시 우울해지더라도 살아야 하고 일해야 하고, 아이를 돌봐야 한다. 그렇게 살다 보면 지금은 힘이 빠지게 느끼고 아무것도 없을 것 같은 나날이라도 아이는 크고, 나 역시 내공을 선물받게 될 것이라 믿으며….

워킹맘의
주말

늘 금요일 퇴근길에 다짐해 본다. 이번 주말에는 말끔히 집 정리도 하고, 오랫동안 묵히고 있는 책장도 정리하고, 철 지나도록 안 닦아 물때가 잔뜩 낀 부엌도 빛나게 닦고, 소독한 지 오래된 것 같은 아이의 그릇이랑 장난감도 싹 청소하고, 새로 장만한 요리책에서 골라 놓은 간식도 해 주고, 요즘 유행하는 인디언 텐트 스타일로 아이를 위한 놀이 공간도 꾸며 주고, 한편으로는 나를 위한 충전을 하면서 책도 읽고, 늦은 밤 아이가 잠들면 영화도 한 편 보고, 친구를 만날 시간은 없더라도 편하게 전화로나마 긴 수다라도 떨어야지 하며 온갖 위시 리스트를 나열하지만, 현실은 저질 체력의 결정판.

간신히 애 먹이고 씻기고, 겨우 쓰레기 내다 버리고, 간신히 청구서 처리 기한을 놓치지 않은 것에 안도하고, 겨우거우 아이를 재웠으나 아직 할 일은 태산. 영화 볼 힘도 남아 있질 않는다. 간신히 간신히 허덕허덕 남은 집안일을 해치우고 저질 체력으로 잠시 눈 감았다, 눈 떠

보면 주말은 다 가있고, 나는 떡진 머리, 땀에 절은 옷을 입은 채, 주말 총 1회 세수를 하곤 한다. 물론 걸레인지 수건인지 알 수 없는 수건으로 얼굴을 닦는 것으로 마무리.

주말에는 신기하게(+이상하게도) 아이가 더욱 일찍 일어나는 것 같다. 평일에는 하루에 많이 봐야 엄마 얼굴 두어 시간 보는 아이가 주말에는 엄마가 집에 있는 날인 걸 본능적으로 아는 걸까?

아이가 일어나 엄마 손을 잡아끄는데 그 손을 뿌리치고 잠을 더 청하는 엄마는 아마 없을 것 같다. 그리하여 후닥닥후닥닥 나가는 곳은 동네 키즈카페, 조금 멀리 나가면 공원, 여기저기 공공기관의 전시회.

근데 참 비슷한 또래의 아기 엄마들은 아이와 같이 나오면서도 폴랑폴랑 나풀나풀 날아갈 듯한 블라우스에 예쁜 신발, 머리도 단정, 화장까지 하고 나왔는데 나는 왜 늘 집에서 밥할 때도 입고 있고, 잘 때도 입고 있고, 밖에 나올 때도 그냥 고대로 나온 것만 같은 차림으로 나온 건지…

비비크림이라도 바르고 나오는 건데 후회하면 이미 늦었다. 어쩌다 화장실에 갔다 거울에 비친 나를 보면 이건 뭐 상거지 꼴…. 어찌 그녀들은 저렇게 아이를 챙기면서도 자기까지 챙기고 나올 힘, 시간, 마음의 여유까지 삼박자가 있는 거지?

한 번은 이런 주말 아침도 있었다. 금요일 퇴근 후 집에 와서 뻗은 나머지, 딸내미 우유를 확인하는 것도 깜빡했다. 아침에 "엄마, 우유 줘, 우유!" 징징대는 바람에 아뿔싸! 우유가 다 떨어졌다는 것이 생각났다. 깜짝 놀라 잠자던 옷 고대로 입고(세수도 당연히 패스) 아이의 집착 이불까지 가지고 편의점에 우유를 사러 다녀왔다.(시간은 오전 6시 50분. 주말 아침 동네 슈퍼는 아직 문을 안 열었다) 혹시 이 꼴을 누군가 보면 어쩌지 하면서 쇼윈도에 비친 나를 확인해 보니 아니나 다를까 산발한 꼬질꼬질한 여자가 애를 안고 서 있다. 이 꼴로 혹시 옛 남자친구와 길에서 재회라도 하게 되는 건 아니겠지? 그러나 나도 못 알아볼 정도로 깜짝 놀랄 모습인데 설마 옛 남자친구가 나를 기억할까? 혹시나 혹시나 여태껏 나를 못 잊고 있는 미친놈이 있다면 아마 나를 보고 이렇게 생각할 거야.

"아… 저 아줌마, 어디서 많이 본 것 같은데…"

걱정 마, 주말이 끝나면 다시 변장할 거야. 내가 믿는 평소의 모습으로….

이런저런 주말 에피소드를 만들며 먹이고, 씻기고, 놀아 주고, 아이를 겨우 재우면 바야흐로 월요일이 성큼 다가와 있다. 직장 생활을 10년 넘게 했어도 일요일 밤은 늘 두렵다. 특히 긴 연휴의 끝에 맞이하는 월요일은 더더욱…. 그래도 오늘 하기로 마음먹었던 집안일들은 다 끝냈다. 세상에, 오늘 우리 집 세탁기는 총 4번을 돌았다. 남편과 내가 번갈아 가며 큰 세탁기, 작은 세탁기를 고루고루 돌려서 여러 번 빨래하고 나니 금방 오후. 장보기는 인터넷 주문으로 대신하고, 내일 이모님 오시기 전에 챙겨놔야 할 것들, 분리수거 등등을 다하고 갑자기 내일 오전 연간 업무 목표 설정으로 매니저와 면담이 잡힌 것이 맘에 쓰여 짧은 메일 몇 개를 보내고 회신을 기다리기를 반복하다, 왜 나는 늘 이렇게 일에, 아니 모든 것에 전전긍긍하는가 어째 나이를 먹을수록 더욱더 그런 것 같다는 생각이 들었다.

또다시 집안일로 돌아와 다음 달부터 보내려는 꿈이의 어린이집에서 원아 개인 기록 서류를 보내달라는 요청을 떠올려 서류들을 보니 아뿔싸! 이건 작년에 골머리를 앓았던 영유아 검진 기록표부터 예방접종 기록까지 그거잖아? 오늘 밤에 쓰기는 글렀다. 주중에 짬을 내서 쓰자, 하고 오늘 밤은 패스!

그리고도 못내 아쉬워 냉장고에서 캔맥주 하나를 땄다. 금요일, 토요일이 아닌 이상 음주는 패스하자는 신조인데 너무너무 아쉬운 밤이라 오늘은 그냥…. 맥주 원샷 했는데도 뭐 마신 것 같지도 않은 것이 아쉬운 내 마음과 같이 어정쩡한 느낌이로구나.

\ 주말 외출 시에는 나도 아이도 꼭 거지꼴.

육아 방학

어느 주말, 건강 때문에 지금은 공기 좋은 곳에 가 계신 시부모님을 뵙고자 남편이 꿈이를 데리고 시골집에 갔다. 서울에서 2시간여 떨어진 곳을 아이를 뒤에 태우고 아이 아빠가 혼자 운전하며 고속도로를 지나야 하는 것이 마음에 걸리긴 하지만 남편이 그리고 싶다니 나도 굳이 반대할 구실이 없어 그러라고 했다. 그리하여 나는 1박 2일, 정확히는 24시간의 육아 방학에 들어갔다.

뭔가 이런 시간이 생기면 그동안 못했던 것을 실컷하리라 다짐했지만, 웬걸? 아이와 남편이 출발하고 정작 집에 나 혼자 남자, 나는 일단 바닥에 등을 붙였다. 너무나 피곤하고 졸렸다. 일을 하고 아이를 키우는 워킹맘이 대부분 다 그렇겠지만 잠 좀 푹 자봤으면 하는 바람이 있다. 자다가 아이가 깨서 뒤척이기만 해도, 스마트폰의 진동만 있어도 잘 깨는, 잠잘 때만은 초예민한 사람이라 자다가 여러 번 깨고, 깨면 바로 잠이 안 와 휴대 전화도 만지작거리다 다시 잠들곤 하는데 이런 날이면 더욱더 피곤한 것 같다. 그 피곤을 잊고 일을 하려면 계속 커피를 마시게 되니 몸은 더욱 피곤해지고 잠시 카페인의 힘으로 뇌는 잠자고 싶은데, 눈만 깨운 느낌이랄까? 그리고 다시 반복되는 수면 패턴의 악순환으로 늘 졸리고 피곤한 몸을 하루쯤은 충분한 잠으로 악순환을 끊어 버리고 싶은 마음?

그런데… 아, 그런데…. 30분쯤 잤을까? 전화벨이 울렸다. 흠, 내용인즉 중고나라에 내가 한 1년 전쯤 올렸던 물건을 문의하는 전화…. "이미 팔린지 오래됐어요." 하고 다시 잠을 청하려니 다시 잠이 안 온다. 그리고 그때야 '아, 나 지금까지(오후 4시) 아침에 비빔면 하나 말고는 먹은 것이 없네.' 하는 생각과 함께 꼬르륵. 어째 살은 맨날 찌는데 왜 이리 배가 고픈지…. 뭘 먹을까 반찬도 별로 없고, 나가서 먹자니 동네에 먹을 곳이란 너무 화려하거나 너무 초라한 곳뿐이고….

그러다 아침에 시터 이모님이 가져다주신 찐 감자가 생각났다. 그다지 감자를 안 좋아해 그냥 찐 감자를 먹기도 그렇고, 불현듯 '뇨키'를 해 먹자는 생각에 감자를 으깨기 시작했다.

이 얼마 만인가, 주말에 라디오를 들으며 내가 나를 위한 요리를 해 본지가….

늘 라디오는커녕 뽀로로, 타요, 코코몽, 폴리를 듣거나, 보거나 하느라 집안은 동요로 가득 차 있고 나를 위한 음식은커녕 늘 아이 밥 만들고 남은 것을 먹거나(이렇게 먹는 게 부실할 것 같은데 오히려 살은 더 찐다) 뭔가 그럴 힘도 없을 때는 아침에는 빵, 점심에는 짜장면, 저녁에는 피자로 완벽한 식사 아웃소싱의 하루를 보내기도 했는데…. 비록 소스는 집에 있던 인스턴트 토마토소스를 들이부었고, 뇨키 반죽도 물 조절을 못 해서 흐물흐물했지만 그래도 오랜만에 식탁에 제대로 앉아 뭔가를 먹는 느낌은 참 감격스러웠다는….

그리고 뭘 할까 생각하다, 영화를 한 편 보고 싶은데 내가 꼭 보고 싶었던 영화는 개봉관이 너무 적어서 오늘은 관람 불가! 이건 내일의 To-Do 리스트로 미루고 소소하지만 시간이 없어서(또는 게을러서) 하지 못했던 다음 일들을 처리해 볼까 생각 중.

1. 유산균 주문
2. 구두 쇼핑
3. 미진한 업무 보고서 보강
4. 옷장 정리
5. 꿈이 사진 프린트
기타 등등….

그러나 정작 IPTV에서 무료로 하고 있는 영화 한 편 보았을 뿐이다. 오랜만에 집중해서 봐서인지, 내용이 좋아서인지 참 재밌게 봤다. 이렇게 어느덧 9시가 넘었다. 대단한 건 못했지만 그래도 여유로운 밤. 그러나 즐겁다기보다는 아이가 보고 싶다. 아이도 시골에서 즐거운 시간을 보내고 오기를….

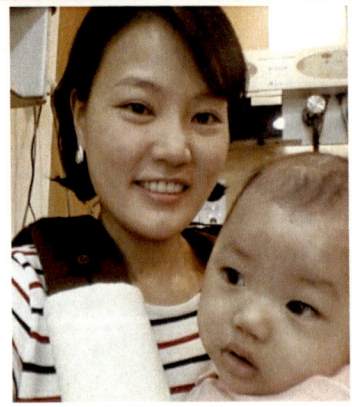

\ 육아 방학이지만 아이가 보고 싶어 사진들을 꺼내 보다 새로운 사실을 발견
했다. 이 줄무늬 티셔츠, 내 공식 육아 유니폼이구나. 아이가 기어 다닐 때
부터 뛰어다니는 요즘까지. 아이의 사이즈와 배경은 다 다른데 나는 늘 똑
같은 옷을 입고 있네.

3장

워킹맘의
딸로 살아가기

워킹맘의 딸,
그녀의 어린 시절

올해 서른일곱인 내가 어린 시절에는 그다지 많지 않았던 워킹맘. 그래서 유독 생각나는 서러웠던 풍경은 하굣길 갑자기 비가 오면 우산을 가지고 교문 앞으로 마중 나왔던 친구의 엄마들이었다. 부러우면서도 한편으로는 저 엄마들도 우리 엄마처럼 아예 안 왔으면 좋겠다는 생각을 했었다. 동시에 당연히 우리 엄마는 못 온다는 걸 알면서도 엄마한테 전화를 걸곤 했다. 학교에 한 대밖에 없던 공중전화, 엄마에게 전화를 걸기 위해 줄을 선 친구들 사이에서 내 차례가 오면 나는 집 대신 엄마 직장에 전화를 걸었다.

나: "엄마, 비와!"
엄마: "그러길래 왜 아침에 미리 우산을 안 챙겼어."

나는 엄마의 어떤 반응을 기대했을까? 그냥 아무런 생각 없이 엄마가 그리워 전화를 걸었던 것 같다. 나는 고작 여덟 살 아이였으니까.

"엄마가 당장 우산 들고 갈게."라는 말을 기대하진 않았더라도 어떤 따뜻한 한마디를 기대했을 텐데, 예상치 못한 왜 미리 우산을 안 챙겼냐는 엄마의 핀잔이 조금은 섭섭했다.

근데 엄마도 비를 맞고 집에 가야 하는 막내딸이 안쓰러웠을 거고, 내가 이렇게까지 일을 해야 하나 생각했을지도 모른다. 그렇게 말은 하서도 수화기 너머로는 울고 계셨을지도 모르겠다는 걸 30년이 지나서야 알게 되었다. 결국 나는 소득 없이 수화기를 줄 서 있던 다른 친구에게 넘겨 주었다. 운이 좋으면 방향이 같은 친구와 친구 엄마의 비호로 우산을 같이 쓰고 돌아갔고, 대부분은 그냥 비를 맞고 집에 갔다. 그렇게 몇 번 씁쓸하거나 슬픈 추억을 경험한 뒤 나는 준비물이나 우산을 안 챙기면 그에 대한 대가를 치러야 한다는 걸 알게 되었다.

그래서인지 나는 절대 준비물을 빠뜨리는 법이 없는 아이가 되었고 이 습관은 지금까지도 아무리 정신이 없을 때도 휴대 전화와 지갑만은 꼭 챙기는 준비성 철저한 사람으로 자라게 했다. 씁쓸한 기억으로 출발했지만, 꼭 나쁜 점만 있는 것은 아니었다. 뭐 굳이 말하자면…

또 하나, 엄마는 아침 식탁에서 늘 어느 정도 화난 표정과 조금은 올라가 있는 어조로 말했다.

"사람은 살기 위해서 밥을 먹는 거지, 먹기 위해 사는 게 아니야! 그러니 밥은 남기지 말고 10분 내로 다 먹어야 한다!"

언니와 나는 이 무서운 분위기가 싫어서 아무리 입맛이 없어도 빨리 밥을 먹었고, 반찬 투정을 할 법한 나이에도 엄마한테 혼날까 봐 어린아이 입맛에 맞는 반찬이 없는 밥상도 물을 말아서라도 밥공기를 다 비웠다.

아마 엄마는 출근 시간을 걱정하셨을 테고, 어린 딸들이 조금이라도 꾸물거려 지각할까 걱정하셨을 거다. 이것도 거의 30년이 지나서야 알았다. 내가 기어 다니는 어린 딸을 쫓아다니며 이유식을 한 술이라도 더 떠먹이려고 노력하고, 내 아침밥은 딸이 남긴 이유식 한두 숟가락인 것을. 그리고 나서도 뛰어다니며 아이를 맡기고 또다시 뛰거나 늦으면 택시를 타고 그리고도 지각을 해서 눈치를 보고 자리에 앉아야 했던 여러 날을 몸소 체험한 뒤에나….

물론 이렇게 밥을 빨리 먹는 습관은 나이 먹어서는 습관성 소화 불량, 또는 팀 회식 때 다른 이들에게는 아직 밥이 잔뜩 남았는데 혼자 너무 빨리 먹어서 멀뚱멀뚱 반찬 집어 먹는 시늉이라도 하면서 속도를 맞추는 부작용을 낳기도 했다.

엄마도 결국 내 초등학교 시절을 다 못 채우고 일을 그만두셨다. 그리고 어린 내가 그렇게 바라던 하루 종일 집에 있는 엄마가 되셨지만(그렇게 경단녀(경력 단절 여성)로 지내시다 내가 중학교에 갈 무렵 다시 일을 시작하셨다) 내가 조금 더 큰 까닭이기도 했고 이미 우산을 미리 준비해야 한다는 걸 훈련받은 더 어린 시절의 뼈저린 경험 때문인지 그 이후에는 비가 와도 엄마가 우산을 가지고 오신 경우는 많지 않았던 것 같다. 워킹맘의 딸, 나의 어린 시절의 엄마를 지금에서야 이해하는 나. 내 딸도 나를 내 나이가 되어서나 이해할까나?

\ 일찌감치 우산을 챙겨 버릇하라고 하나 사 줬다. 엄마가 비 오는 날
우산을 못 챙겨 줄지도 몰라. 우산은 미리미리 스스로 챙기렴.

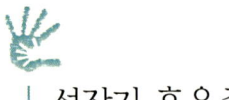

성장기 후유증

나는 사람들을 만나고 이야기하는 걸 좋아하는, 그리고 이들과 함께 일 벌이기를 좋아해서 외향적인 성격으로 보이지만 사실 나는 내성적인 사람이다. 내가 익숙하고 자신 있는 환경, 그리고 컨디션이 나쁘지 않을 때는 탐험과 탐색의 기질이 나오지만, 익숙치 않고 위축되는 분위기에서는 그와 반대이다. 가끔은 끝이 안 보이는 동굴에 기어 들어가 잔뜩 웅크린 채 오랜 시간을 보내기도 한다. 그래야 낯선 환경에서 상처 입은 마음을 좀 보듬을 수 있다고나 할까? 이런 생각을 자주하는 나는, 가끔 '나는 왜 이런 성격을 가지게 되었을까?'를 생각하다 어쩜 어릴 때 외롭고 마음 기댈 곳 없던 경험이 아직까지 치유되지 않아서일까 생각해 봤다.

누구에게나 성장기의 상처가 있고 그 상처는 단시간에 치유되기도, 아님 긴 시간 그 자리에 있으면서 한 순간순간 가시처럼 생생하게 돋아나기도 한다. 그리고 그걸 어떻게 치유해야 할지 모른 채 평생 껴안고 살아가는지도 모르겠다.

나의 경우 어려운 상황에서 무슨 도움을 청해야 할지 몰라 내 방식으로 내가 다 해 버리는 경향이 있다. 어떤 사람은 이런 점을 긍정적으로 보고 "김 팀장은 만능이야."라고 하기도 하지만 또 어떤 상황에는 '무엇이든 뭐든 자기 멋대로 해 버리는 사람'으로 오해를 사기도 한다.

이러한 내 성격의 근원은 어디서 왔을까를 생각해 보면 아마 일하는 엄마를 둔 탓에 뭔가 판단하기 어렵거나 도움을 청해야 하는 상황을 스스로 해결해 버렸던(엄마는 바쁘니까 바로바로 못 물어보는) 탓이 아니었을까 싶다.

일화가 있다. 초등학교 1~2학년 때 수업이 끝나고 청소 담당이 되면 선생님이 아이들 하나하나를 너는 1분단, 너는 2분단… 이런 식으로 청소 영역을 정해 주셨다. 그런데 나는 어떤 분단을 배정받든 1분단부터 4분단까지 모두 청소했다. 우선 나는 까불까불 레슬링하느라 청소를 게을리하는 아이들 때문에 전체 청소 시간이 늘어져 집에 다 같이 늦게 가는 게 싫었다. 그래서 차라리 쟤들 대신 내가 해 버리고 집에 일찍 가는 편이 낫겠다고 생각한 것 같다. 근데 그 방법보다는 아이들에게 빨리 청소를 같이 끝내고 레슬링은 이따가 하라고 권유하거나 또는 선생님께 말씀드리는 방법도 있었으리라.

결과적으로 나는 딴청 피우는 일부 아이들 때문에 맡은 청소를 잘하고 있는 아이의 청소까지 또 한 번 하고(그 아이 입장에서는 내가 자기 일을 탐탁지 않아 다시 하는 걸로 보이거나, 배정받은 분단을 잘못 기억해서 겹치는 일을 하고 있다고 생각했으리라) 결국 온 교실을 혼자 청소하기는 아직 어린

아이가 무리한 체력을 소모하는 결과로 이어졌다. 집에 조금 일찍 갔을지는 몰라도….

신기하게도 이런 성격은 계속 남았다. 물론 어떤 상황에서는 이 점이 긍정적으로 작용해서 비즈니스 혹은 개인적인 성취에 도움도 되었지만 지금도 나는 이 때문에 결국 에너지만 소진하고 욕까지 먹는 난처한 상황에 처하기도 한다.

왜 그랬을까? 엄마가 곁에 있었으면 바로바로 엄마한테 물어봤을 것이고, 그 습관이 친구나 선생님께도 적용되었을 것이다. 하지만 다치고도 혼자 손을 털고 일어나야 하는지, 누군가가 와서 일으켜 줄 때까지 기다려야 하는지(대부분의 아이들이 기대하는 것처럼) 몰랐던 나는 이후 물어야 할 것을 묻기 힘들어진 사람이 된 것만 같다.

이런 성격이 업무를 하는 데 있어서, 때로는 스스로 판단하고 일을 찾아서 하는 사람으로 긍정적으로 평가되기도 하였고, 친구들 사이에서는 늘 모임을 먼저 주선하는 사람으로 만들기도 했다. 하지만 사실 나는 마음속으로 다섯 살 때나, 서른일곱이 된 지금이나, 똑같이 뭐가 맞는지 많이 헷갈리고 다 같이 웃고 떠들다가도 갑자기 혼자서만 외로움을 느끼기도 하는 아이러니한 성격을 갖게 된 것도 같다.

물론 나도 커서는 일하는 엄마가 좋았다. 지금도 일하는 엄마가 자랑스럽다. 그러나 '내 아이에게 내가 어떤 엄마가 될 것인가, 내 아이도 내가 느꼈던 그러한 감정을 똑같이 느낀다면?'이라는 질문에는 자신이 없다. 그저 내 아이도 누구한테 물어야 할지 몰라 자신의 방식으로 무언가를 해결해야 하더라도 그것으로부터 깨닫고, 얻고, 그리고 성장하기를 기도할 뿐….

\ 엄마 집에 언제 와요?

부부의 육아

임신을 하고 아이를 낳고, 출산 휴가(+육아 휴직) 후 다시 일로 돌아가는 주기에는 부부의 생활 패턴에 많은 변화를 가져온다. 아마 임신 기간 동안은 태어날 아이에 대한 기대로 산부인과 정기 검진일이 최고의 나들이가 되는 봄날과 같은 시기가 될 것이다. 하지만 출산 후, 아이와 함께 찾아온 급작스러운 변화에 부부는 함께 멘붕에 빠지고, 복직 후에는 육아로 인해 체력도 그리고 정신력도 소진되며 첫 번째(또는 여러 번) 육아 위기가 찾아온다. 특히 함께 일하는 부부에게는(나는 맞벌이라는 단어가 좀 그렇다. 그래서 이 단어를 써야 하는 상황에서 '함께 일을 한다'는 표현으로 대신하곤 한다) 어느 정도 합의된 육아 및 가사 분담이 있을 테지만 그렇다고 일하는 상황에서 모든 계획이 진짜 계획대로 실행되기는 무리가 있다.

나의 복직 후, 우리 부부는 뭐 거창한 합의는 없었지만, 회사가 좀 더 먼 남편이 먼저 출근하고 내가 아이를 챙겨서 아침 먹이고 어린이집에 데려다주고, 오후에 오실 시터 이모님께 부탁드리는 알림장 쓰기, 장보기 등등을 담당했다. 저녁에 이모님을 퇴근시켜드리는 일은 먼저 퇴근한 사람이 하기로 했다.(이러다가 결국 육아 난민으로 이모님이 사시는 동네로 이사까지 했지만 말이다)

그러나 아이가 아침에 아픈 경우가 예상보다 많았고, 오후에 오시는 이모님께 오전에도 돌봐 달라고 문자를 보내고도 발을 동동 굴렀다. 거의 이모님께 아이를 바통 터치하고 회사까지 택시를 타고 가도 지각하는 경우가 꽤 있었다. 그리고 퇴근도 생각보다 길이 막히거나, 오후에 보낸 이메일에 글로벌 팀의 회신을 기다려야 하는 등의 예상치 못한 일들이 생겨, 나보다는 남편이 허겁지겁 달려와 이모님을 퇴근시켜드리는 일이 많았다.

뭐 상황에 따라 어쩔 수 없는, 하지만 그 상황에서는 최선이라고 생각한 대안이었지만, 시간이 지날수록 곱게 말해 의견 충돌, 현실적으로 말하면 부부 싸움으로 번지는 경우가 많아졌다. 요지는 "내가 더 많이 한다."부터 시작해서 점입가경이 되어 일상의 작은 말투나 행동에 상처받았지만, 꾹 참았던 것이 폭발하여 아직 어리디 어린아이를 옆에 두고도 고성이 오가는 큰 싸움으로 번지기까지 했다.

아이 앞에서는 무슨 일이 있어도 부부 싸움하는 모습만은 보이지 않기로 다짐했건만 현실적으로 아이가 잠들 때까지 기다렸다 이야기하는 건 불가능하다. 그렇다고 주말에 잠시 아이를 맡기고 둘이서 진지하게 이야기를 나눌 상황도 전혀 못 되는 육아 독립군 부부이기에 평소에 그저 꾹꾹 누르고 살던 감정이 더 이상 참지 못하고 폭발하는 경우가 종종 있었다.

아, 그렇다면 함께 일하는 부부의 육아는 어떻게 해야 내가 더 많이 한다는 억울함 없이 원만한 방향으로 자리 잡을 수 있을까?(그 방법을 안다면 나는 지금 육아 멘붕의 연재가 아닌, 부부 상담 또는 육아 상담의 전문가로 칼럼을 쓰고 있겠지)

지금까지의 짧은 우리 부부의 싸움과 갈등의 육아 경험을 바탕으로는 그저 몸으로 부딪히고 시행착오를 통한 교훈이 그나마 최선인 것 같다. 아무리 육아서, 부부 상담서에서 이런 경우 뭐를 하라고 거창하게 조언한다 하더라도 집집마다 부부의 성향이 다르고 상황이 다르기에 어떤 조언이 맞다고 보기도 어렵다. 뭐 대중에는 싸움으로 해결이 나지 않아 그냥 묵히고 있는 문제들도 꽤 될 거다.

우리 부부뿐만 아니라 어느 부부에게도. 단지 아이가 있고 또는 부모님이랑 같이 사는 경우도 있으니 눈치를 보느라 싸움을 피해가고 그저 필요한 말만 하며 문제를 묵히는 경우도 많고, 화해하면 다시 말해 보리라 하며 좋은 의도로 말을 꺼내도 다시 싸움으로 끝나는 네버엔딩 문제들도 많을 것이다. 그럼에도 불구하고 이 지루한 반복을 돌고 돌고 돌더라도 그저 몸으로 겪고 수정하고 다시 노력하고 대안을 찾는 것만이 답이라고 할 것이다. 워킹맘이 있는 부부의 육아는 정말 쉽지 않다.

요즘 친구 하나가 하루에 하나씩 원만한 부부 관계를 위해 노력하라는 의미에서 관련된 책의 한두 장을 사진으로 보내 준다. 이렇게 보내 주는 것도 정말 고맙고, 그런 의미에서도 나 역시 더욱더 노력해야 하는데 싸움을 피하기에 급급한 씁쓸하고 쓸쓸한 날도 많았다.

그러나 어찌 되었든 부부는 '아이'라는 공동의 목표를 함께 이루어 가는 운명 공동체일 수밖에 없다. 처음에는 일도 하고 육아도 하니까 내가 더 힘들다고 불만이었지만, 점차 남편도 나름의 방법으로 최선을 다하고 있음을 깨닫게 되었다. 여자와 남자, 엄마와 아빠라는 각자의 역할이 정확히 모든 면에서 같을 수는 없다는 것도 말이다. 그리고 그것의 가장 큰 원인은 여자는 아이를 낳자마자 호르몬 때문에 강력한 모성애가 생겨 아이를 둘러싼 모든 상황을 비상 체제로 만들어 버리지만, 남자들은 아빠로서 조금 더 시간이 걸린다는 사실도 발견했다.

둘째는
언제 낳을 거야?

아이를 낳기 전에는 "애는 언제 낳아?" 물어보는 것이 인사였다면, 아이를 낳고 나니 "둘째는 (언제) 낳을 거야?"가 인사가 되었다. 나는 아이 하나 낳는 거 마음먹는 데만 수년이 걸린 사람으로서 이제 인생의 큰 숙제 하나를 겨우 끝냈는데 갑자기 또 다른 숙제를 강요하는 듯한 이 인사는 처음엔 참으로 생소했으나 이내 그 의미를 알게 되었다.

1. 일단 첫 아이를 낳은 다음에는 임신이 비교적 쉽게 된다고 한다. 출산으로 인해 몸이 정화된다고나 할까? 내 주변만 보더라도 의도치 않게(?) 둘째, 셋째를 가지는 경우가 참 많다.

2. 아이를 낳으니 형제의 중요성을 절감하게 된다. 부모님께 감사한 마음보다 더한 것이 형제간의 우애랄까? 나와 내 형제와의 관계도 돌아보고, 육아 관련해서도 서로 용기를 주고받으며 더욱 돈독해진다. 그리고 언젠가 세월이 흘러 내가 저 아이 곁에 없더라도 든

든하게 서로의 버팀목이 되어 줄 형제를 남겨 주는 것이 최고의 유산이라는 생각을 하게 된다.

그러나 결론적으로 말하자면 의미는 이해하였으나 나는 둘째 계획이 없다.(그러다 생긴다고 경고하는 친구들의 야릇한 눈빛의 의미를 물론 안다) 그런데 나는 내 주제를 안다. 나는 옷에 밥풀 묻히고, 옷은 유니폼 수준으로 입고, 랩톱 컴퓨터 들고 뛰어서 출근하고 날아서 퇴근하는 워킹맘 육아 지진아이다. 나는 애 하나도 아등바등 간신히 키워야 하는 출산+육아로는 능력이 아주 부족한 인간일 뿐만 아이가 커 가는 모습은 그저 시터 이모님이나 어린이집 선생님이 보내 주시는 사진으로 만족해야하는 주변에 어느 누구에게도 도움을 받을 수 없는 육아 독립군이다.

누군들 육아 능력이 탁월하거나 출산이 자신만만해서, 또는 주변에서 "아이만 낳아라, 애는 내가 키워 주마." 하는 가족들이 줄 서 있어서 둘째를 낳겠는가 하겠지만 나는 이쪽으로서는 지진아라고 확신한다. 정말 아이 하나도 간신히 아주 간신히 키운다. 물론 육아 선배들은 둘째, 셋째는 훨씬 수월하다고 말하지만, 아, 나는… 지금 이제 고작 두 돌 된 아이 하나를 키우는 것도 아등바등, 죽을 둥 살 둥 해 온지라, 내 아이에게 동생을, 부모님께 또 다른 손주를, 국가에 추가 세금을 내줄 납세자를 보태 줄 힘이 전혀 없다. 요즘은 둘째는 (언제) 낳느냐는 질문에 아주 쉽게 대답한다.

"하하, 저는 육아 독립군 워킹맘이자 육아 지진아라서요."

그리고 동시에 주변에 둘째, 셋째를 낳고 기르고 계시는 주변의 워킹맘들에게는 숭고한 존경심이 생겼다. 정말 진심으로 존경합니다!

부부의 시간

아이를 낳고 처음으로 부부만 외출했던 것이 아마 아이가 16개월가량 되었을 때였던 것 같다. 뭐 이전에 각각 외출을 하거나 아이와 세트로 셋이 함께한 적은 많았지만 이날은 아이를 언니에게 잠시 맡기고 부부만 뮤지컬을 보러 다녀온 진짜 부부 데이트였다. 어린아이를 길러 본 경험이 있는 부부들은 이러한 시간이 얼마나 귀한지 공감할 것이다.(물론 주변에서 늘 도와주셔서 의외로 부부만의 시간이 많은 분들은 패스!)

그런데 참 예상치 못한 일이, 아니 '감정'이 발생했다. 이런 난감…. 아, 난감이라기보다 말로 표현하기 참 거시기한 그 뭐랄까? 너무 오랜만에 둘이 나와서인지 예전에 데이트할 때, 아이를 낳기 전에 둘이 나와서는 어땠었는지 정말 기억이 하나도 안 나는 것이었다. 그래도 결혼 5~6년 차를 지나서까지도 우리는 아이가 없었던지라 손도 잡고 다니고 영화나 공연을 볼 때 팔짱도 끼고 했던 것 같은데 어제는 무슨 낯선 이와 함께 다니는 듯, 어찌나 어색하고 불편하다기보다는 암튼 기분이 거시기….

왜 그런지를 곰곰이 생각해 보았다. 일에만 올인하다 갑자기 24시간 돌봐야 하는 어린아이가 생긴 엄마로서의 지나친 책임감이었을까? 나는 육아 휴직 중에도 아이를 온종일 혼자 돌보는 것이 몹시 힘들었고 그 스트레스는 오롯이 남편에게 갔던 것 같다. 남편은 나름대로 일찍 퇴근하여 아이를 같이 돌보려 하였으나 팀장으로서 과중한 업무, 원거리 출퇴근으로 인하여 아무리 빨리 퇴근을 하더라도 집에 오면 이미 9시 가까이 된다. 나름 할 만큼 했음에도 내가 본인의 마음을 몰라 준다고 서운해하지 않았을까 싶다.

그리고 복직을 하고 나서는 싸운 날이 싸우지 않은 날보다 많았던 것 같다. 시간이 지나 어쩔 수 없음을 인정하고 싸움을 덜하게 되었을 때는 싸움을 안 한다기보다는 싸움을 멈췄다는 표현이 어울리는 상태였다. 뭐 싸우다 싸우다 답도 안 나오고 하니 그냥 싸움을 피해 가는 상태였다고나 할까? 어느 누가 먼저 양보할 줄도 모르는 둘이 똑같이 한성격들 하는 사람들이라 누구 하나 아량을 베풀지도, 화해를 청하지도 않고 우리는 그저 열심히 열심히 최선을 다해 싸운 것 같다.

어쩌면 가장 보듬어 줘야 할 사람, 오랫동안 함께 가야 할 아이의 아빠이자 나의 남편. 서로 사랑하고 아끼고 살자고 자식도 낳았는데 어째 아이의 탄생과 함께한 상황 때문에 우리는 정말로 서먹한 데이트를 하게 되었을까?

대화를 많이 하라, 부부만의 시간을 가져 보라는 조언이 식상하고 무의미할 정도로 우리는 대화할 시간도, 부부만의 시간도 참으로 갖기 어려운 사람들인데…. 하긴 여전히 나는 뭔가 나는 잘못한 것이 없어, 라며 그동안의 부부 싸움에 대한 합리화할 거리만 찾을 뿐, 이래저래 그 과정에서 서로 주고받은 감정의 골, 그리고 그로 인한 정신적 & 신체적 스트레스가 남편의 감정과 생활도 참으로 팍팍하게 만들었겠구나, 하는 생각은 덜하고 있는 것 같다.

나는 이제 서른 후반, 남편은 이미 마흔을 넘어간다. 매일매일 좋은 말만 하고 다정히 지내도 아까운 인생. 이제라도 덜 싸우고 보듬어 주어야겠다는 생각을 해 본다.

엄마와 딸,
그 애증의 관계

내가 한창 자랄 때, 또 사춘기 때, 또 성인이 되고, 그리고 아이를 낳은 지금까지 우리 엄마와 나는 다정하고 친구같은 엄마와 딸은 아니었다. 이건 엄마가 워킹맘이었던 것과는 다른 그저 성향의 문제일 것이다.

엄마는 친구들의 엄마와는 조금은 다른, 강하고 주장이 센 그리고 무엇보다 자아실현의 의지가 엄청난 분이셨다. 그리고 내가 크면서 꽤나 엄마와 부딪히고 반항했을 때는 솔직히 내가 결혼하고 아이를 낳아 언젠가 엄마와 같은 상황에 처하게 될까 봐 조금은 두려지기까지 했다. 그런데 아이를 낳아 조금은 더 철이 든 지금, 엄마도 '엄마'를 처음 해 보시는 거라고 생각하면서 엄마의 입장이 되어 보았다.

'엄마도 외로웠겠지, 엄마도 엄마이기 앞서 평범한 인간이었으니 힘드셨겠지.'
물론 그때는 내가 어렸다는 핑계를 대겠지만 엄마의 마음을 할퀴었던 때가 많았으리. 그러나 엄마는 워킹맘으로 육아와 일을 병행할 수 없음을 깨닫고 일을 그만두신 후 내 성장 과정 내내 "나는 너를 위해 다 포기했다."라며 자주 푸념을 하셨다. 그리고 자식을 키움으로써 포기한 것을 보상받고 싶어 하시기도.

객관적인 내 능력으로 더 나은 성적, 더 나은 직장, 그리고 이상의 것을 보여 주지 못하는 것에 대한 감정을 드러내셨던 것에 나는 적잖이 상처를 받았다. 내가 이룬 것이 작고 보잘것없는 것이 아니었음에도, 엄마의 기대는 끝이 없고 나는 무얼 해도 엄마의 기대를 채워드릴 수 없는 못난 딸처럼 느껴졌기 때문이었다. 그럼에도 불구하고 이제는 엄마의 입장이 되어 본다.

'엄마도 힘드셨을 텐데. 어린 내가 아픈 날, 꼬박 하루를 일하고 퇴근하여 쉬고 싶으셨을 텐데, 열이 펄펄 나는 딸아이를 돌보느라 피곤한 몸과 마음을 둘 곳 없이 밤을 새우셨을 텐데….'

단지 엄마와 나는 의사소통의 코드가 다를 뿐, 서로를 위하고 걱정하는 마음은 같을 텐데…. 어느덧 나도 이제 서른 후반을 바라보는 나이가 되어서야 아주 조금이나마 엄마를 이해하기로 했다. 그리고 엄마가 최선을 다하셨음을, 비록 푸념하고 보상받기를 바라는 마음을 노골적으로 드러내더라도 그건 엄마의 의사소통 방식이었음을…. 그리고 그것이 엄마로서는 자식을 사랑하는 나름의 방식이었음을 이해하게 되었다.

사람이 그리운 마음,
야식으로 달랜다

요즘 내가 가장 많이 느끼는 감정들을 한 줄로 표현하자면 바로 이 거다. '힘든데 또 행복하고, 행복한데도 외롭다.' 헉! 어떻게 이런 감정 이 가능한 건지. 세상에 행복한데 외롭다는 게 말이 돼? 근데 이게 사 실이라는…. 그 이유는 아마 사람들, 친구들을 못 만나서일 것이다.

워낙 혼자 놀기 좋아하던 나는 혼자 영화 보기, 혼자 밥 먹기, 혼자 여행하기, 혼자 술 먹기(주로 집에서) 등등을 하며 종종 혼자만의 시간 을 가지면 선택적인 외로움을 즐기기도 하였으나 요즘 내가 느끼는 외 로움은 정말 사람이 그리운 절대 고독감이다, 정말….

아니, 남편도 있고, 아이도 있고, 친구가 없는 것도 아니고, 직장도 다니는데 뭐가 외로워라고 한다면 글쎄…. 근데 이런 마음을 나 같은 워킹맘들은 다 알 것이다. 우리도 가끔은(아니 매일) 인간의 본연의 감 정들, 하하, 호호 웃고, 공감대를 나누고 하는 시간들이 너무나 그립 고 필요하다는 거다.

문제는 우리는 시간이 없다는 것이다. 어쩌다 시간이 된다고 해도 나만 시간이 되고, 친구는 시간이 안 된다는 거. 어쩌다 백억 년 만에 시간 맞춰 얼굴 보기로 한 날은 마침 일찍 들어오기로 한 남편이 급야근을 하거나 아이가 아프다는 거. 아이 둘이 있으면 한 명은 시댁이든 친정이든 부탁하고, 다른 한 명을 몸에 대롱대롱 붙이든가 메고 나가야 한다는 거.

그리하여 우리는 다들 카톡에만 붙어사는 사이버 친구들이 되어 가고 있다. 카톡도 한 번 보내면 답이 안 와, 아침에 하나 보내면 점심쯤 대답, 또 하나 보내면 밤. 밤에 보내면 새벽에 대답이 오는 친구도 있다. 퇴근하고 아이 재우며 쓰러져 자다가 새벽에 일어나 답을 한다…. 아, 어찌하여 우리는 같은 나라, 같은 도시에 살면서도 카톡에서만 만나는 사이버 친구들이 되어 버렸는지….

친구들 만나 회포를 풀기도 어렵고, 결국 아쉬운 마음을 달래는 건 벽과 함께 마주 앉아 마시는 맥주. 출산 후 10개월 즈음이 되어서야 겨우 임신 전의 체중으로 돌아갔고(이것도 운동하고 덜 먹고 엄청 노력해서 겨우), 복직해서 세 달은 신기하게도 살이 쭉쭉 빠져서 내가 봐도 빈티가 팍팍 나 보일 정도였는데 그 이후로 꾸준히 하루하루 아쉬운 마음을 야식으로, 주말에는 특별히 야식+맥주로 책상에 앉아 궁상맞게 홀로 꾸역꾸역 먹다 보니 겨우 다시 맞는다고 좋아했던 치마가 터지려고 할 지경이다.

오늘도 빵을 한 개만 더, 딱 한 개만 더 하면서 야금야금 먹다 보니 다 먹고 쓰레기통에 쌓인 껍질이 수북. 맛있게 먹고 난 개운함보다 이렇게나 많이 먹었나 싶어 죄책감과 더 조여 올 치마가 걱정이다.

원래 야식을 즐기는 편이 전혀 아니었건만. 더군다나 나는 평소에 위염이 있어서 저녁에 뭐를 조금만 먹어도 소화가 안 되어 고생하는 편이라 저녁 식사도 늘 조금하고 저녁 이후에는 껌도 안 씹었는데 왜 이렇게 되었지 생각해 보니 사실 고픈 건 배가 아니라 마음인 것 같다. 뭔가 하루가 끝났는데도 안 끝난 것 같은 심지어는 이대로 하루가 끝나 버리면 안 될 것만 같은 아쉬움을 그리고 사람이 그리운 그 외로움을 먹는 기쁨으로라도 채워 보겠다는 발악이랄까?

일도 육아도 뭐 하나 제대로 한 것 같지 않은 찜찜함. 그렇다고 이보다 뭐 어찌 더 잘 하겠냐는 스스로를 위로하며 에잇, 그냥 뭐라도 먹고 달콤함이라도 누리자 싶은 마음인 것 같다.

웬만하면 좀 더 정신적, 신체적으로 건강하게 아쉬운 마음을 달랠 수 있다면 좋으련만 운동을 해야 하는 것도 알고 아니면 야식을 끊어야 하는 것도 알고 있다만 정말 뭔가 이거라도 하지 않으면 안 될 것 같은, 이대로 하루를 보내면 오늘 하루 내 인생이 너무나 아깝다는 느낌에 나는 오늘도 빵을 하나 더 집어 들고 밤을 보낸다. 내일부터 안 먹겠다는 다짐은 아직 너무 일러. 나는 또 먹을 것이 뻔하니까.

\ 그냥 잠들기 아쉬운 밤,
벽과 함께 마시는 맥주. 이러니까 살이 찌지.

잠자는 아이 보고
출근했는데,
퇴근하니 또 자고 있네

새벽같이 나갔다가 오밤중에 들어온 것도 아닌데 오늘 꿈이가 하루 종일 낮잠을 안 자다가 8시경 잠이 들었단다. 나는 딱 8시 10분에 들어왔는데⋯. 이런 날은 뭔가 내 시간이 생겨서 좋을 줄만 알았는데 막상 쌕쌕거리며 이미 꿈나라로 간 아이를 보니 아쉬운 맘이 드네. 같이 놀려고 타요 스티커도 사왔는데⋯.

낮잠 이불에서 불편하게 자고 있는 아이를, 평소처럼 굴러다니며 자도록 바닥에 이불을 펴고 아이를 안아 옮긴다. 굴러다니다 모서리에 박을까 안전하게 베개와 쿠션도 넉넉히 놓는다. 바닥이 추울까 봐 전기장판도 편다. 콘센트를 꽂으며 전자파가 안 좋다는 걱정을 하지만 코감기와 중이염이 온 아이에겐 그래도 온기가 필요할 것 같아 온도를 올린다. 양파도 하나 썰어서 가져왔다. 코가 막혀 입을 벌리고 자는 아이가 양파 냄새에 코가 뻥 뚫리길 바라며 옆에 둔다. 이미 입술

이 바짝 마른 게 안쓰러워 자다 깨면 먹일 물도 머리맡에 준비해 뒀다. 가습기에 물이 충분히 있는지도 확인하고. 이제 나도 자려고 보니 아이 머리에 땀이 송송 맺혀있다. 땀이 식으면 감기가 심해질까 살살 닦아 준다. 자면서 꿈을 꾸는지 옅게 우는 소리도 내는 아이를 쉬쉬 달래며 토닥토닥. 혹시 밤에 열이 오를 수도 있으니 체온계도 머리맡에 두고, 깼을 때 시계를 보기 위해 휴대 전화도 가까운 곳에 둔다.(여기서 전자파 걱정 한 번 더!) 이제 아이는 평화로워 보이는데, 이제 나도 자도 될까? 자다가 이불도 잘 차는데, 더 챙길 건 없을까? 이제 엄마도 자도 될까? 하고 아이 옆에서 쪽잠을 잔지 얼마나 되었을까?

새벽 1시
"엄마, 엉엉."
자다가 벌떡 일어나 우는 아이를 다시 토닥토닥 다시 재웠다.
새벽 4시
"으앙으앙."
아이가 무서운 꿈을 꾸나? 우는 소리를 내네. 다시 토닥토닥.
새벽 5시
'띠리리리~~~'
잘못 맞춰 놓은 알람.
아침 6시
제대로 된 알람.

이렇게 아침을 맞으니 이게 잠을 잔 건지, 안 잔 건지. 눈도 침침하고 생체 시계가 대체 몇 시 즈음인지 알 수가 없네. 엄마는 과연 언제쯤 제대로 잘 수 있을까요?

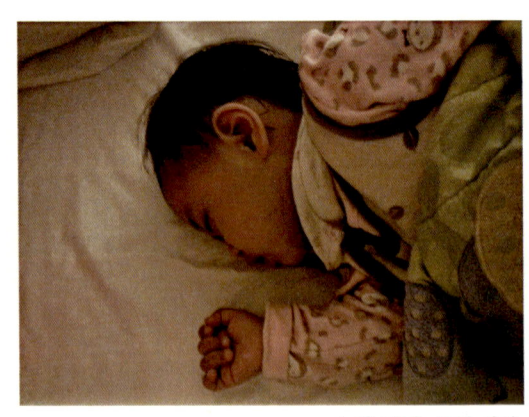

\ 잘 자라, 우리 아가.
엄마도 이제 자도 될까? 근데 곧 출근 시간이구나.

워킹맘의 휴가는
어린이집에서 정해 준다

여름과 겨울, 일 년에 두 번 있는 어린이집의 방학. 나를 포함한 대부분의 워킹맘의 휴가는 아이의 방학이 정해 준다. 방학 동안 아이를 부탁할 곳이 있다면 그나마 다른 계획이 있을 수 있겠지만 나는 육아 독립군 아닌가? 그나마 다행인 것은 지금의 직장은 내 일에 지장만 없으면 휴가 내는 것까지 눈치를 보진 않아도 된다.(보스들이 다 프랑스인이라 그들은 한 달씩 여름휴가를 가니) 이것 하나는 이전 직장들에 비해 무지좋은 점?

근데 이 휴가는 진정한 휴가라기보다 아이를 돌보기 위한 어쩔 수 없는 비(非)출근 정도? 그리고 나는 어린이집과 시터 이모님 시스템을 동시에 운영하는데 올 여름은 어째 어린이집 방학과 이모님이 쓰고 싶어 하시는 휴가가 겹치지 않아 월화수목금, 그리고 다시 월화수 이렇게 총 8일의 휴가를 내야 했다. 아무리 프랑스 회사여도 나는 이제이 회사에 6개월, 작은 팀의 팀장, 어린 프랑스인 인턴 한 분 모시는(?)

처지 아닌가.

나를 대신할 사람이란 없고, 그냥 배 째라 하기에는 갓 프로젝트를 시작했기에 파트너들에게 바로바로 피드백을 줘야 하고, 문제를 바로 풀어야 한다.(아니면 나중에 기간 내 프로젝트를 완료하지 못한 책임이 나의 늦은 피드백에 있으므로 지체 보상금도 물어 줘야 할지 몰라서) 그래서 어쩔 수 없이 이번 여름휴가는 나와 아이 아빠가 나눠서 아이를 돌보는 스케줄로 일단 이렇게 정했다.

1. 주말을 끼어서 월, 화요일까지는 가족이 모두 휴가를
2. 수, 목, 금요일은 남편만 휴가, 아이를 챙겨서 시댁으로
3. 그 다음 주 월, 화, 수요일은 내가 다시 휴가

2번의 계획에 따라 퇴근 후 바로 집으로 뛰어가지 않아도 되는 육아 방학을 대비해 나름 야심 차게 계획을 세웠다. 상상은 사뿐사뿐 폴랑폴랑, 뭘 할까, 삼청동에 혼자 가 볼까, 혼자 연극을 볼까, 별 생각을 다 했으나 실상은…:

1. 하루는 아주 맘 편히 야근을 하고(다음 주에 다시 휴가 내려니 일은 왜 이렇게 많은지)
2. 하루는 늦게 온 것도 아닌데 오자마자 거실에서 그냥 뻗어 고대로 잠들었다.(이불도 안 덮고 화장도 안 지우고, 입고 있던 옷 그대로… 손엔 꼭 쥐고 있던 리모컨)

3. 겨우 하루만 마트에서 욕조 막힘 방지용 망을 하나 구입하고 (아주 아줌마스러운 쇼핑 아이템) 그 건물에 있는 극장에서 영화 한 편을 봤다. 이거라도 한 게 어디야?

진정, 워킹맘에게는 혼자 우아하게 즐기는 휴가는 없는 것인가? 나도 진정한 휴가를 가고 싶다는 생각을 한다. 이렇게 아이를 돌보는 일정에 맞춰 휴가를 내다보니 진정한 휴식은 거의 없어 휴가를 마치고 회사로 복귀하면 더욱더 피곤함이 몰려든다. 아이가 조금 크면 가능하려나? 아니면 크면 큰대로 더 해야 할 일이 늘어나서 진정한 휴가는 노년에나 가능하려나…. 어쨌든 아이는 시부모님이 잠시 여름을 보내고 계신 시골에서 재밌게 놀고 있다니 뭐 다행이다.

출장

삼십 대 후반으로 달려가며 나도 늙는구나를 절실히 느끼는 경우가 있다. 치간칫솔이 필수품이 될 때, 아이돌 이름 외우기를 포기할 때, 사람 이름을 성만 바꿔 부를 때, 가스 요금이 적게 나왔다고 좋아할 때, 아무리 굶어도 살이 안 빠질 때, 길 가다 잘생긴 청년을 보면 미래의 사윗감으로 보일 때 그리고 출장이 두려워질 때이다.

몇 달 전 우리 회사 아시아퍼시픽 지역 법인이 있는 홍콩으로 출장을 갔다. 컨설턴트로 일할 때는 밤에 클라이언트의 해외 지사와 전화 회의를 하다가 잘 풀리지 않아, 얼굴 보고 이야기하자며, 다음 날 브라질로 24시간을 날아 출장을 간 적도 있었다. 하지만 이러한 출장조차도 피곤하다고 느낀 적이 없었다. 그러나 요즘은 출장 일정과 회의 일정을 보면 갑자기 피곤해지기도 한다. 참석자 리스트를 훑어보면 더 피곤해진다. 아, 동양인은 나 하나네, 아이고, 더 피곤하겠다.

홍콩으로 가는 비행편은 거의 아침이라 5시부터 일어나 어제 못 싼 짐을 싸고, 그동안 남편과 이모님께 부탁할거리 챙기기, 마지막으로 쓰레기통까지 비우느라 40분에 한 대씩 집 앞에 오는 공항 버스를 코

앞에서 놓치고 말았다. 바로 택시를 타고 저걸 따라잡아 달라고 했다가 잠실로 가면 공항까지 가는 시간이 덜 걸리는 버스가 있다는 기사님 말씀에 잠실로 가서 버스 탑승!(기사님 만세)

생각해 보니 출장은 참 오랜만이다. 컨설팅할 때는 분기에 한 번은 꼭 출장이 있었고 거의 유럽 또는 남미, 중동도 갔던지라 나름 짐 싸기, 공항까지의 빠른 길, 체크인 카운터 문 닫기 전에 골인하기, 시차 극복하기, 짐 줄이기 등등의 엄청난 노하우를 만들어 뒀었다. 하지만 2012년 임신하기 전 마지막으로, 2013년은 임신과 출산, 2014년은 육아 휴직으로 개인 여행 이외의 출국은 없었다. 그러고 보니 거의 2012년 6월 미국 애틀랜타 출장 이후 거의 3년 만이구나.

〈워킹맘이 된 이후 바뀐 출장 패턴〉

- 오랫동안 집을 비우니 아이에게 미안한 마음에 전날 동물원에도 가고 최선을 다해 놀아 줬더니 꼼이가 겨우 잠든 후에도 짐 쌀 힘조차 안 남아 있다.
- 면세점 구경은 하고 싶은 의욕조차 안 들고 가장 짧은 줄에서 셀프 체크인, 짐 부치고 돌아와서 일단 빈 배를 채우고, 내 호텔 예약해 준 홍콩 직원에게 한국 과자를 사다 주기로 한 걸 뒤늦게 기억해서 공항에서 아무거나 산다. (미안해요)
- 비행기에 올라타서는 일단 잠부터 잔다.
- 호텔에 도착해서는 이국에 왔다는 감흥도 없이 아, 왜 이렇게 피곤하지? 일단 조금 자자.
- 거의 저녁이 다 되어서야 맞다, 내일 뭐 읽어 가야 하는데 아직 안 했네! 얼른 봐야겠다. 근데 배가 고프네?
  뭐 이런 식욕과 수면욕, 저질 체력의 키워드만 가진 인간을 발견하고 만다.

대충 한 끼 때우면서(맛집 찾아다닐 의욕과 체력은 있겠는가?) 갑자기 밀려드는 허무함과 우울함. '아, 뭐지? 아이는 영상 통화를 하면서 엄마를 찾으며 울고, 나는 뭐 의욕도 없이 여기 와서 이러고 있네.' 하다 잠시 나갔다. 습하지 않은 계절이라 바람이 시원하다. 어쩌면 내가 살면서 가장 어려워하는 부분은 도파민이 부족하여 뭔가 늘 새롭고 흥미로운 것을 찾고, 그것에 또 흥미를 잃어 다시 나를 일으켜 세울 만한 동기를 찾는 것을 반복하다 보니 내가 가진 것에 대한 감사함을 잊어버린 것 같다. 얼마나 교만한가? 이 기회도 누구에게나 오는 것도 아니고 회사의 입장에서는 내게 투자한 건데…. 아이를 혼자 보느라 고생할 남편도, 영문도 모른 채 갑자기 엄마가 안 나타나고 간간히 전화기 속에서만 등장하는 게 야속할 꿈이를 생각해서라도 이 시간을 소중히 생각해야 한다고 다짐했다.

\ 엄마가 이 바퀴 달린 가방을 꺼내면 다음 날부터 안 보여요. 그리고 전화기 속에서만 나와요. 엄마는 어디로 가는 거죠?

워킹맘에게
아이의 소풍이란?

봄가을에 맘카페에 들어가 보면 본격적인 소풍 시즌의 전유물들이 포스팅되어 올라온다. 예술의 경지라 말할 수 있는 도시락 사진에 나는 이미 압도당해 버리고, 아이의 기가 떨어지기라도 할까 봐 새벽같이 일어나 도시락을 싸서 보냈다는 워킹맘들의 애환(?)도 많이 올라온다. 이게 곧 내 이야기가 될 거란 것을 깨닫지 못했다. 그냥 그런가보다 하고 퇴근하여 꿈이의 어린이집 수첩 사이에 끼어 온 '어린이집 봄 소풍 안내서'를 볼 때까지는…. 그 가정 통신문을 접한 나의 반응은 딱 이랬다. 앗? 뒤통수 확!

게다가 이건 그냥 도시락의 문제가 아니라 어린이날을 맞아 해당 구에 있는 어린이집 연합회에서 주최하는 행사까지 겸하여 부모가 동반할 수 있는지를 묻는 설문지도 포함되어 왔기 때문이다. 이것까지 확인한 나의 마음은 딱 이랬다. 흑흑, 왜 평일에 이런?

요즘 회사 내 큰 문제가 있어 이날 휴가를 낼 수가 없기에…. 퇴근한 꿈이 아빠에게도 물었다. 큰 기대를 걸지도 않았지만 역시나 꿈이 아빼도 그날 회사 중요한 워크숍이라 안 된다는…

　물론 가정 통신문에는 친절하게도(?) 부모가 동반하지 못하는 경우, 어린이집에서 해당 아이들에 한하여 일괄 관리하겠다고 그러나 괄호 안에는 아이가 어린 경우에는 부모 또는 조부모님이 왔으면 한다고…. 음, 우리 애는 어린아이에 속하는 건가? 그 이외의 경우에 속하는 건가? 어휴, 그리고 꿈이가 다니는 어린이집은 대부분 전업주부의 비중이 꽤 높아서 우리 아이만 달랑 엄마 없이 가게 될 확률도 큰데 이걸 어쩌나….

　결국 하루를 고민하다가 이모님께 부탁드리기로 했다. 육아 독립군의 구세주이신 이모님께서 흔쾌히 그래 주시겠다고 해서 다행이지만 그래도 마음은 참으로 무겁다.(물론 이건 이모님의 시간 외 근무에 해당하는 시간이다)

　그래도 어쩌겠는가? 내가 할 수 있는 일이라고는 이번 주말에 꿈이가 좋아하는 뽀로로 도시락통이랑 물통을 사서 시터 이모님과 소풍을 잘 다녀오기를 바라는 일뿐. 아쉬워한다고 사정이 이렇다고 슬퍼한다고 뭐가 달라지겠나? 대신 소풍 전날 만발의 준비로 장을 보고, 소풍 당일 꼭두새벽에 일어나 도시락을 싸고(이모님께 잘 부탁드린다는 의미로 이모님 도시락도) 선생님께 잘 부탁드린다고 당부드리는 일뿐….

난 예술의 경지에 이르는 도시락은 포기했다. 나는 나를 잘 안다. 그냥 내 목표는 그저 아이가 먹을 만한 도시락을 싸는 것이고 이는 절대 평가일 뿐, 도시락의 비주얼을 포함하거나 다른 아이들의 도시락과 비교한 상대 평가는 적용시키지 않겠다.

다행히 아이는 아직 어려서 친구들의 도시락과 내가 싸 준 겸손한 도시락을 비교하는 경지에 이르지는 못하였다. 올해는 아이가 가장 좋아하는 캐릭터 도시락통을 하나 사서 그 안에 담긴, 내가 만든 초라한 김밥이 덜 티 나게 외형적 화려함으로 은근슬쩍 넘겨보았다. 그리고 엄마 대신 시터 이모님과 함께 가까운 공원으로 첫 소풍을 다녀왔다.

어쩌면 내년이 되면 엄마가 꼭 같이 가달라고, 도시락도 더 예쁘고 맛있게 싸달라고 주문할지도 모른다. 그리고 이런 날이 너무 빨리 올 것 같아서 솔직히 조금 두렵기도 하다. 아이가 엄마가 일하는 상황을 이해하기는 너무 어리고, 꽤 오랜 시간이 걸릴 것 같다. 몇 해가 걸릴지 모르지만 나는 대신 아이가 조금이라도 덜 서운해할 다른 무언가를 준비해 줘야지.

떨어지지 않는
시들지 않는
워킹맘이라는 꽃잎

아이의 체온계를 어째 요즘은 내가 더 많이 사용한다. 삐익! 소리와 함께 확인한 내 체온은 '39도'. 아이의 체온이 이럴 때는 해열제를 먹여야 하나 응급실에 가야 하나 안절부절못한다. 그러나 나는 출근 준비를 한다. 여기저기 욱신거리고 손가락 까닥하기도 힘들지만, 지난주 아이가 폐렴으로 입원한 기간 동안 출근하지 못했기에 오늘도 출근하지 못하면 더 이상 내놓을 변명도 궁색하다. 이건 뭐 맨날 아픈지, 애가 아프거나 내가 아프거나…. 월요일에도 엉거주춤 겨우 회사에 나와 수액을 맞았었는데 어제 끙끙 하루 종일 앓다가 오늘은 정말 회사에 기어갔다.

'택시, 택시!' 어찌나 택시가 안 잡히는지 기도도 했다. '제발 제게 택시 한 대만 보내 주세요. 하느님, 매번 아플 때만 기도해서 죄송해요. 오늘은 정말 제게 택시가 필요합니다.' 이러고 나서 힘들게 잡아탄 택시는 지하철과 버스의 조합으로 출근하는 것보다 오래 걸린다. 팀원에게 사정을 얘기하고 전무님이 찾으시면 잘 말씀드려 달라는 부탁과 함께 나는 다시 내과를 향해 최선을 다해 기어간다. 수액이라도 맞아서 나는 빨리 멀쩡해져야 해. 병원 문 열자마자 최선을 다해 기어가서 또 수액을 맞았다.

수액을 맞으면 당장은 효과가 나타나는데, 문제는 이 약발이 짧으면 4시간, 길면 고작 6시간이라는 거… 정말 건강한 것이 얼마나 큰 자산이며 소중한 것인지 깨닫는 요즘…(이렇게 아픈 데도 집에 못 가는 이유… . 집에 가도 쉴 수가 없다. 애가 달라붙으니…)

잠시 눈을 붙이고 나니 열을 조금 내렸고 눈이 제대로 떠진다. 다시 사무실에 돌아와 일을 시작하려 하지만 도저히 아파서 메일 하나에도 집중할 수가 없다.

아아…. 너무 고단하고 피곤하다. 내 몸이 이런데 나는 어디 가서 아프다 소리할 사람도 없구나.

잠시 기운을 내려고 노래 한 곡을 들었다. 내가 고단할 때마다 듣는 박지윤의 '봄눈'

"자, 내 얘기를 들어보렴
따뜻한 차 한잔 두고서
오늘은 참 맑은 하루지
몇 년 전에 그날도 그랬듯이

유난히 덥던 그 여름날
유난히 춥던 그해 가을, 겨울
계절을 견디고 이렇게 마주 앉은 그대여
벚꽃은 봄눈 되어, 하얗게 덮인 거리
겨우내 움을 틔우듯 돋아난 사랑
처음으로 말을 놓았던 어색했던
그날의 우리 모습 돌아보면 쑥스럽지만
손끝에 닿을 듯이 닿지 않던 그대는,
몇 년이 지난 지금도 그대로인데
하루에도 몇 번을 물어봐도 나는 믿고 있어
떨어지지 않는, 시들지 않는 그대라는 꽃잎"

오늘처럼 이 노래가 이렇게 슬프게 들리던 날이 있었던가?

늘 오랜 짝사랑을 만난 날을 추억하는 것 같이 따뜻하게만 느껴지던 이 노래가 오늘은 마지막 구절 '떨어지지 않는, 시들지 않는 그대라는 꽃잎'이라는 가사가 마치 떨어지지도 시들지도 말고 굳세어지라는 나를 향해 말하는 것만 같다. 나는 아프다고 더 이상 떨어지지 않을 힘도, 시들지 않을 힘도 없는, 다 시들어 빠진 꽃이라니까!

어디까지 나를 연민해야 하고 어느 선에서 다시 힘을 내야 할까? 아이도 힘들고 나도 힘들면서 왜 이 일을 이렇게 부여잡고 힘들어하고 있나? 물론 생계형 직장인이기도 하지. 그리고 일을 좋아하기도 하지. 근데 그 모든 것이 다 잘 살기 위해 하는 짓인데, 나는 이렇게 자주 아

프고 힘든데 아무에게도 위로도, 용기도 못 받는 짓을 하고 있는 것
만 같다. 이런 날도 다 지나가겠지, 더 굳세어지겠지? 근데 어디까지
굳세어져야 할까?

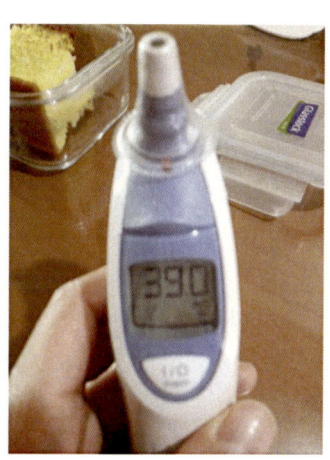

\ 이제는 내가 아프다. 어째 요즘은 아이의 체온계를
내가 더 자주 사용하는 것 같네.

꽃보다 청춘을 보며
워킹맘도
여행할 수 있을까?

　나영석 PD의 배낭여행 시리즈는 이미 대박을 거듭해서 여러 버전
이 만들어졌지만, 나는 그저 어쩌다 TV를 켰을 때 우연히 재방송하
고 있으면 잠시 보다 마는 정도였다. 그러다 지난 주말 우연히 이 시
리즈 중의 하나인 '꽃보다 청춘 페루편'을 보고 뒤늦게 푹 빠지게 되었
다. 생생한 진짜 청춘들이 나오는 라오스 편도 있지만 나는 내 시대
의 오빠들인 윤상, 유희열, 이적이 나온 아저씨 청춘(?)들이 더 편하게
느껴지네. 나도 이들과 같이 늙어가고 있기 때문이겠지? 이제 고작
두 편을 보았는데 인터뷰 형식의 내레이션도, 사막을 누비는 이들의
흥겨움도, 여행 동반자들과 어쩔 수 없이 벌이게 되는 크고 작은 신경
전까지 다 재밌다.

　얼마 전까지만 해도 나는 여행에 대한 흥미를 완전히 잃어버렸었다.
이제 어떤 목적을 가지고 일을 하거나 공부를 하러 가지 않는 한, 낯

선 곳을 탐험하고 누리는 것에 대한 신선함도 없고 무엇보다도 물리적 힘도 떨어졌는데(이미 충분히 돌아다닐 만큼 돌아다녀서일 수도 있겠다. 그렇다면 배부른 소리) 이들이 여행하는 모습을 보니 나도 저런 '묻지 마 여행' 한번 해 보고 싶다는 마음이 다시 들게 되었다. 물론 방송이라 상당히 각색되거나 사실이 아닌 부분도 좀 섞여 있겠지만….

그러나 문제는 언제나 돈과 시간! 돈이야 빚을 낸다고 쳐도 워킹맘에게 시간이 어디 있나? 설혹 간다고 해도 아이들은 어쩌고? 정말 우리의 삶에 나영석 PD가 성큼 걸어 들어와 내 매니저와 작당하고 나를 내 절친한 친구들과 함께 여행 보내 주지 않는 한, 가당치도 않은 일이다. 진짜 이런 일이 일어나면 얼마나 좋을까?

"나영석 PD님, 이런 콘셉트는 별로인가요? 출근하는 워킹맘들을 대상으로 전무님의 급 프로젝트 지시라고 당장 출장을 떠나야 한다고 공항으로 가라고 한 뒤, 거기에 도착하면 나와 똑같이 속아서 나타난 내 절친한 친구 두어 명이 있고. 우리는 출근복 그대로 남미까지 가는 거예요. 우린 당황한 기색을 내면서도 속으로 쾌재를 부를 거예요. 공항에서 삼바를 출지도 몰라요. 앗, 페루는 삼바가 아닌가요? 아, 뭐 암튼요. 우린 아이들이 걱정되면서도 너무 기뻐서 바로 이런 표정을 지을 거예요. 흑흑, 아싸!"

작년에 정말 큰 용기를 내어 친구와 단 2박 3일을 떠나는 데에도 양쪽 남편들의 스케줄, 친구는 아이들을 돌봐주실 친정엄마의 스케줄, 나는 이모님의 스케줄을 체크하느라 몇 번이나 일정을 엎치락뒤치락. 나는 그나마 돌쟁이 아이 엄마라 학교 준비물 챙기는 것까지 신경 쓰진 않아도 되었지만, 친구는 초등학교 다니는 큰딸의 등·하교 걱정도 해야 했다는 거.

물론 그렇게 어렵게 어렵게 떠나서 잠시 3시간 날아갔다 왔고 가서도 우리가 세계를 흔들 엄청난 경험을 한 건 아니었어도 너무나 좋았던, 둘 다 길치라 정말 계속 길을 잃어서 걷고 또 걸으며 서로 '덤 앤 더머'라고 웃으면서도 너무나 재미있었다. 우리 이왕 이렇게 된 거 우리 멤버 중 하나가 살고 있는 샌프란시스코로 갈 걸 그랬다며 마음은 이미 샌프란시스코를 지나, 남미를 거치고, 유럽을 들렀다, 한국으로 돌아오는 일정을 달리고 있었지만 우리의 현실은 갑갑. 아마 아이들이 꽤 커야 여행이 가능할 테고 그때는 시간이 가능할지는 모르겠지만 아마 체력이 우리를 허락하지 않을 듯. 그땐 버스 타고 깃발 따라다니는 것도 힘에 부칠지 모르니까….

아무튼 정말 대리 만족이라도 나를 남미로 데려가 준 세 꽃(?) 청춘들…. 나머지 에피소드들은 정말 아껴서 봐야지.

4장

워킹맘의 위기

워킹맘,
선택의 한계

최근 전 회사의 선배이자 이제는 국내 대기업으로 이직한 팀장님의 연락을 받았다. 실은 작년에 현재 이 분이 팀장으로 있는 팀의 팀원을 충원할 때, 인터뷰어와 인터뷰이의 인연으로 처음 만났다. 같은 회사에 다녔었지만 서로 한 다리 건너 아는 정도의 인맥이 있을 뿐 아주 잘 아는 사이는 아니었다.

내 추천평이 좋았는지, 아니면 내가 인터뷰를 잘 봤는지, 채용이 급속도로 진행되고 나도 심각하게 이직을 고려했는데 막판에 인원 충원 계획의 동결로 인연이 닿지 않았던 일이 있었다. 아무튼 이 팀장님이 최근에 연락한 건 이제 다시 인원 충원을 한다고 올 생각이 있냐는 것이었다. 흠….

작년에 이 건으로 인터뷰를 보면서도 사실 나는 좀 망설였었다. 일단 이 포지션은 긴박한 출장 일정, 긴박하진 않더라도 잦은 출장이 예상되고, 신생팀에다 부사장 직속이라 아주 급박하게 돌아간다. 게다가 국내 대기업 특성상 워킹맘에 대한 배려를 기대하기 힘들고 지금 사는 곳과 거리가 정반대라는 등등. 결국 인원 충원 계획이 취소되어 물 건너갔지만 어차피 갔어도 쉽지 않았을 것이라 생각했고 그 이후로는 전혀 생각도 안 하고 살았었다. 출장은 이미 다닐 만큼 많이 다녀 봤고, 이런저런 큰 프로젝트도 할 만큼 했으니…. 그리고 가장 중요한 건 내게 육아 독립군으로 하루하루 돌봐야 하는 어린 딸이 있기에 미련이 없었다.

　이번에 연락이 왔을 때도 처음에는 아니다 싶었다. 같은 이유로…. 근데 하룻밤 자고 생각해 보니 이제 나도 13년 차, 현재만을 고려할 수 없는 연차가 되었다. 이번의 이직이 마지막이 될 수도 있고, 또 이후에 더욱 잘 될 수도 있지만, 그의 반대가 될 수도 있고 그래서 아직은 삼십 대 중후반, 더 늦기 전에 마지막으로 내 커리어에 좀 더 도움이 되는 일을 맡고 싶다는 생각이 간절했다. 그것이 나를 위한 길이기도 하지만, 조금이라도 직장 생활의 경쟁력을 키우는 길이기도 하고, 좀 더 폭넓게는 이것이 내 가족을 위한 길이기도 하다. 그리고 이 일은 내 이전의 경험을 가장 잘 매치시킬 수 있는 일인 것은 확실했다.

　근데 해 보자고 용기를 내보려는 순간, 당장 육아 문제를 도움받을 곳도 없다. 유일한 방법은 현재 오전은 어린이집, 오후는 시터 이모님으로 운영하는 육아 아웃소싱을 입주 이모님 체제로 돌리든가 하는?(물론 이것이 완벽한 해결책도 아니다)

그래서 좀 더 머리를 굴려봤다. 그러나 그러나…. 너무나 많은 걸림돌이 있어서 아무리 머리를 굴리고 굴려도 답이 나오지 않았다. 육아 독립군의 삶은 이렇구나 대안이 없구나…. 나는 결국 주말 동안 생각해 보겠다고 팀장님과의 대화를 일단 접어 뒀는데 결국은 안 되겠다는 말밖에 하지 못하였다.

이런 날은 꼭 이런 생각을 하게 된다. 대부분의 날에는 나는 나를 꽤 좋아하는 편이고 가끔은 나를 지나치게 좋아해서 이거 정상인가 싶은 날도 있다. 그럼에도 불구하고 가끔 아주 가끔은 내가 지금의 내가 아니라면 내 성격 중 다른 요소가 있었더라면 또는 가진 것 중 없는 부분이 있었더라면 나는 다른 삶을 살고 있을까 하는 생각이 든다.

내게 없는 '애교', 내게 특별히 많은 '혈기'(보통 다혈질이라고 하지), 내게 없는 정리벽, 내게 특별히 많은 기억력(모든 다 기억하지 지나칠 정도로). 만약 내게 콧소리 섞인 하이톤으로 '오빠앙~' 하는 애교가 있었더라면, 조금 혈기가 덜해서 다혈질이 아니었다면, 꼼꼼하게 정리하는 벽(?)이 있었더라면, 내게 조금 덜한 기억력이었더라면…. 나는 지금과 다른 모습으로 다른 환경에서 다른 삶을 살고 있을까?

단지 가고 싶은 회사에 가지 못하는 것일 뿐 지금의 삶에 엄청난 불만이 있는 건 아니지만 그래도 지금의 삶과는 다른 삶이 궁금하지 않은 것도 아니다. 그냥 이런저런 생각이 드는 밤.

\ 지금의 삶에 엄청난 불만이 있는 건 아니지만,
간혹 다른 삶을 살았다면 어땠을까 궁금하긴 하다.

워킹맘,
욕심과
에너지의 관리

어제 6살 조카가 놀러 왔다. 내 아이가 태어나기 전까지 내게 세상에서 가장 예쁘고 귀했던 아가이다. 단 하나뿐인 언니의, 하나뿐인 아들인 나의 조카는 꿈이 태어남과 동시에 순번이 밀려 예전만큼 이모의 사랑을 듬뿍 받고 있지는 못하다. 하지만 언니를 똑 닮은 조카는 언제나 반가운 꼬마 친구이다. 어제 조카와 내가 나눈 대화.

나: "뭐 먹고 싶은 거 있음 말해. 이모가 사줄게."

조카: "다 사줄 거야?"

나: "그럼! 이모 돈 많아."(물론 조카의 저금통에 든 돈보다 많다는 뜻, 내가 부자란 뜻은 아님)

조카: "나는 돈 없는데."

나: "대신 힘이 많잖아. 이모는 돈보다 힘이 더 부러워."

여기까지 얘기한 다음 갑자기 이야기는 3차원으로 흘러서….

나: "그 힘을 이모한테 팔아! 이모가 돈 주고 살게."

거슴츠레한 눈을 번쩍 뜨게 해 줄 만큼의 힘은 천 원,
팔을 번쩍 들 만한 힘은 오천 원,
펄쩍펄쩍 뛰어다닐 만한 힘은 만 원에 살게!

참, 이젠 별생각을 다 하는구나…. 조카야, 엽기적인 이모라 미안
해. 그래도 이모가 좀 기발하긴 하지?

근데 정말 그렇다. 비타민을 폭풍 흡입하고, 보약을 먹어도 갈수록
힘은 어디로 그리 다 빠져나가는지 힘이 없다. 그러다 보니 정말 힘을
돈으로라도 살 수 있다면 참 좋겠다는 생각이 들만도….
힘과 관련해서는 욕심이 생기는 동시에 관리의 대상이다. 뭔가 갑자
기 의욕이 생겼다고 감정적, 물리적 에너지를 거기에 확 다 쏟아부으
면 정말 집에 돌아가 아이를 돌보고 나머지 집안일을 할 힘이 남아 있
지 않다. 집에 가서 해야 할 일이 뭐 그리 대단하냐고 누군가 묻는다
면 그건 정말 대단한, 정말 필요한 내가 안 하면 아무도 안 하는 그런
일이라고 답해 주리오.
그 일이 아이의 어린이집 수첩을 쓰고, 보육료 결제일에 맞춰 아이
사랑카드를 챙기고, 준비물을 챙기고, 아이 친구의 생일 선물을 포장

하는 일이더라도 이것이 국가 정책이나 비즈니스 우선순위와 비교하여 뭐가 그리 대단한 일이냐고 묻는 사람이 있다면 그건 아마 미혼이거나 기혼이더라도 아이가 없는 사람일 것이다. 실제로 이는 너무나 중요한 일이기 때문에….

어쨌든 월, 일, 시간 단위로 중요한 일들이 뭔가를 생각해 보고, 드물지만 갑자기 뭔가에 꽂히거나(예를 들어 새로 나온 영화, 드라마 이런 것에는 절대 꽂히면 안 된다. 가급적이면 감당 가능한 것에 빠지기를) 직장에서도 사무직이라도 갑자기 뭐 샘플을 옮기거나 할 때가 생기는데 이때도 "몇 시지?" 하며 시계를 좀 보고 아직 하루가 끝날 시간이 한참 남았다면 절대 힘을 빼면 안 된다.

〈힘만 받쳐 주면 당장 하고 싶은 것들〉
1. 운동해서 체력도 기르고 터지려고 하는 치마도 보살피고 싶다.
2. 연재하는 '워킹맘의 딸'의 몇 가지 에피소드도 더 적고 싶다.
3. 출판을 위한 활동도 몇 개 더 하고 싶다.
4. 집에 가서 아이와 놀아 줄 스티커랑 책도 좀 사러 가고 싶다.
5. 자주 가는 커뮤니티에 가서 글 소재도 좀 찾고 이런저런 새 아이디어도 얻고 싶다.

다섯 개의 욕심 중 나는 지금 적고 있는 이 글, 즉 2번의 욕심을 위해 1, 3, 4, 5번의 욕심을 포기했다. 그렇게 함으로써 집에 가서 뻗지 않을 에너지를 아끼는 것이다. 아마 앞으로도 이런 날들은 많을 것이다. 힘은 나이가 들수록 더 없어진다. 진짜로 조카한테 만 원 주고 사올 수 없는 것이므로…. 이렇게 철저히 관리해야 남길 수 있는 법.

그러나 계획을 철저히 세우는 것이 독이 될 때도 있다. 얼마 전 해외에 살고 있는 대학 동기를 오랜만에 만났다. 친구는 대학 시절 캐나다에서 스위스인 남편을 만나, 스위스 → 미국 → 한국을 거쳐 지금은 독일에 살고 있다. 지금은 남편이 안정된 직업도 가졌지만, 그간은 학업으로 여기저기를 옮겨 다니며 살았고, 그사이에 아이도 둘이나 태어났고, 친구의 학업과 직장도 병행하므로 쉽지 않았다고. 이 이야기를 하면서 뭔가 다 초월한 듯한 친구 부부의 말은 "No plan is our plan." 계획을 안 세우는 것이 때로는 계획이다? 그동안은 뭔가 계획 자체를 할 수 없는 환경이라 그저 하루하루를 열심히 행복하게 사는 데 최선을 다했다는 말은 덤으로….

그리고 이 말은 곧 내게도 해당된다는 것을 깨달았다. 아이를 낳기 전에 세웠던 학업, 커리어의 목표는 이제 목표나 계획이었다는 것조차 기억이 나지 않을 만큼 희미해졌고, 저축을 하는 것도 이미 물 건너갔고, 육아 독립군으로 아이를 돌보기 위해서 이전에 하던 야근이 일상화되었던 일(그러나 내가 참 좋아했던)도 그만두고 이직도 하게 되었다. 심지어는 육아의 도움을 받으려고 이사했던 동네에서 채 일 년도 살지 못하고 또 이사. 그리고 지금 살고 있는 동네에서도 사실 그 이후의 계획을 짜기 어려운 여러 가지 상황들이 있다. 그래서 이 동네에서 아이가 크면 어느 유치원(or 어린이집)을 보낼지, 학교는 어찌할지, 나의 직장과의 위치 등등은 어떻게 고려할지 계획을 세우는 것 자체가 쉽지 않다. 생각하지 않고 살면 사는대로 생각하게 된다는 말도 있지만 아무리 생각을 하고 미리 계획을 세워도 한순간 뭣 하나가 어그러지면 나머지들이 줄줄이 어그러지니 뭐 이건….

그래서 다시 친구 부부의 이야기를 떠올리게 되었다. 일단 나의 출근 자체가 아이가 열이 나기만 해도 어그러지는 현실에서 엄청난 미래나 지평선 너머의 꿈을 좇는 것보다는 오늘 하루에 집중하는 것을 목표로 삼자는…. 때로는 계획을 안 세우는 것이 계획이기도 하고, 대신 하루하루를 열심히 행복하게 사는 데 최선을 다하는 것이 필요하다는 것. 그것이 장기 안목이 없는 한심한 삶이 아니라는 것을, 그것이 내가 당장 해야 하는 일이라는 것을 슬프게 생각하지도 그렇다고 너무 심각하게 생각하지도 말자.

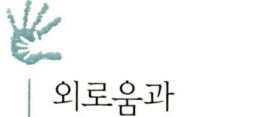

외로움과
고독에 관하여…

엄마가 되어 처음 느끼는, 그동안의 인생을 살아오면서 차원이 다른 어마어마하고 무시무시한 첫 고독은 새벽 수유와 함께 찾아올 것이다. 백일까지는(아이에 따라서는 그 이상) 밤에도 자주 깨는 아이를 두고 마치 머나먼 나라에 출장 가서 시차에 적응하지 못한 사람처럼, 토끼처럼 자다 일어나서 젖을 물리든, 분유를 타든, 짧게는 2~3시간 길어도 4~6시간 간격으로 찾아오는 새벽 수유.

모유가 부족했던 나는 아이를 거의 분유로 키웠지만, 이 새벽 수유만큼은 남편이 대신해 주지 못했다. 뭐 어차피 분유라면 남편한테 좀 부탁해도 되었을 법한데 이 시기에는 모성 호르몬이 부글부글 끓어오를 때라 모유도 못 먹이는데 이거라도 내가 해줘야지 하면서 분유 물의 온도를 맞추고, 앙앙 우는 아이의 배고픔을 빛의 속도로 해결해 줘야 한다는 의무감이랄까?

당연히 내 몫이라고 생각했고, 가끔 남편에게 부탁도 했지만 대부분은 출산 후 흘러넘치는 호르몬 덕에 아이가 자다 조금만 소리를 내도 자동으로 벌떡 일어나 분유를 타는 나를 발견했다.

　새벽 수유의 밤공기를 기억하는가? 사방은 컴컴하고 아이가 깰 새라 조심조심 더듬이에 의지하여 분유를 타고, 소파에 앉아 아이에게 먹이고, 트림을 시킨다. 가끔 아이가 분유를 토해서 울면, 다시 더듬이를 바짝 세워 아이를 닦이고, 다시 먹이고, 토닥여서 재운다. 한바탕 실랑이를 끝내고 아이가 평안해질 때 오싹하게 다가오는 새벽 공기의 으스스함과 그 뒤로 몰아치는 외로움. 이렇게 예쁜 아이가 내 품에 안겨 있는데도 그 새벽, 어스름한 시간에 세상은 온통 나뿐인 것만 같고 그 상황에서도 내가 지켜야 하는 아이는 참 큰 부담으로 다가오기도 했다.
　엄마가 되면 힘도 삶의 의지도 용기도 마징가 제트처럼 불끈 솟아 뭐든 척척, 엄마는 외로움도 부끄러움도 그 어떤 감정도 느끼지 않는 천하무적과 같은 줄만 알았던 삼십오 년의 인생이 참으로 철없었구나 싶을 정도로 당혹스런 고독함의 밤들이 이어진다.

　이후 복직을 준비하고, 또 복직하여 아이를 키우고, 아이의 수많은 잔병치레, 떼가 늘어 잠투정이 심해진 때 여러 에피소드를 겪으면서 그 무시한 외로움과 고독은 여러 번 엄습하여 당신의 멘탈을 너덜너덜하게 만들 것이다. 친절한 남편 씨가 곁에 있다 하더라도 정말 뭔가 필요한 결정적인 순간에는 나와 아이뿐이고, 육아 독립군이면 더더군다나 더욱 자주 찾아오는 이 외로움과 고독이 무섭고 지겹게 느껴지기도 할 것이다.

최근 내 아이가 입원했었다는 소식을 들은 선배가 안부를 묻기에 내가 이렇게 대답했다. 아이의 건강도 걱정이지만 아이를 키우며 처음 겪는 이 모든 것들에 어떤 결정을 내려야 맞고, 어떻게 해야 후회를 안 할 수 있는지 모르겠다고. 안 좋은 상황에서도 출근을 해야 하고, 그렇다고 나의 개인적인 감정을 직장에서 드러내지 않는 이런 모든 상황에서…; 그냥 순수한 인간으로서 나는 울어야 하는지 웃어야 하는지, 힘들다고 이야기해야 하는지 이까짓 걸로 뭐가 힘들다고 투정이냐고 나를 다그쳐야 하는지, 이런 알 수 없는 절대 고독과 외로움과 싸우고 있다고….

어느 퇴근길에는(또는 출근길에는) 눈물이 날 것이고, 어느 상황에서는 울지도 못할 것이다. 그리고 또 어떠한 날에는 이걸 울어야 하는지 말아야 하는지 그조차 분간이 안 될 정도로 외로움을 지나 우울을 향해 달리고 있는 나를 보며 더욱 고독해질 것이기도 하다. 그런 날은 상사는 더욱 많은 요구할 것이고, 동료들은 뭔가를 더 컴플레인하며, 아래 직원은 내가 의도한 것과는 정반대인 장표를 들고 와 내 지적에 투덜거리기도 할 것이다.

나는 아직도 불쑥 불쑥 찾아드는 이 고독과 아직 씨름 중이다. 그러나 그나마 희망적인 것은 이것도 한바탕 몰아치고 물러나면 또 하나의 감정 조절 역치가 상승하고 또다시 몰아치고 물러나기를 반복하며 다 살아진다는 것이다. 세상에 이런 외로움이 있나 싶은 때에도 나는 출근을 하고, 아이를 돌봐야 한다.

　내가 아파서 빌빌대고 있어도 외로움의 파도에 너덜너덜한 감정이 파도에 둥실 떠다니고 다녀도 내가 일하는 사람이라는 것, 내 아이의 엄마라는 사실과 그에 대한 책임과 의무는 나를 봐주지 않는다. 인생은 원래 외롭다. 가족이 있어도 엄마는 외롭다. 그리고 워킹맘은 더욱더 고독하고 외롭다. 가끔은 파도에 세게 맞더라도 나는 그 파도에 내 감정과 몸을 맡길 것이며 그렇게 나는 일하며 아이를 돌보며 살아갈 것이고 살아남을 것이다.

워킹맘의
사회적 성공은
친정엄마에 달렸다?

최근 몇 년 사이에 새로운 기회로 해외로 나가는 워킹맘 선배들을 자주 본다. 직장이 외국계 글로벌 회사인지라 평소 한국에서 두각을 발휘하던 여자 상무님, 실장님들이 능력을 인정받아 가까이는 지역 법인인 아시아퍼시픽 본부(주로 싱가포르나 홍콩)로 가거나, 아예 본사 눈에 들어 본사가 있는 미국, 유럽 등지로 가는 경우이다. 이전에는 이런 기회들은 거의 모조리 남자 선배들의 몫이었고, 당연히 가장이자 남편, 아빠가 해외로 이주하면서 아내도 같이 짐 싸들고 나가는 경우가 대부분이었는데, 요즘은 엄마가 해외 발령의 주축이 되면서 아이와 함께 친정엄마(또는 친정 부모님)이 그 패키지 속에 포함되는 경우가 잦아지는 듯하다. 운 좋게 워킹맘이 이주하는 곳에 아이 아빠가 직업을 구하여 같이 따라가는 케이스가 없는 것은 아니지만(매우 드물고) 대부분 아이 아빠는 한국에서 일하며 남고, 아이의 육아를 위해 친정엄마가

함께 비행기를 타는 경우랄까? 이도 아주 그럴 것이 세세히 따져 보면
이렇다.

1. 일단 한국을 떠나면 미친 듯한 야근은 줄어든다고 하지만 지역
   법인이나 본사는 여러 국가를 커버해야 하므로 출장이 잦다. 아
   무리 보모 또는 가사 도우미의 도움을 받는다고 해도 수일을 출
   장 가야 하는 상황이 많으니 누군가 가족이 함께 살고 있어야 한
   다. → 그리하여 친정엄마 등장!

2. 일단 인정받아 자리를 옮기기 때문에 가면 각종 네트워킹 모임
   에도 참석해야 하고, 출신 지역에서 오는 손님들도 종종 영전해야
   하기 때문에 더욱 바쁘다. → 그리하여 친정엄마 등장!

3. 해외로까지 진출하는 워킹맘들은 이미 출신 지역 법인에서도 한
   능력했던 사람들이고, 한국에서 워킹맘으로 한 능력하려면 육아
   는 누군가가 전담해서 봐주는 가족이 필수다. 시댁은 좀 더 까다
   로운 수 있으니 당연히 친정엄마. 그런 딸이 해외로 나간다니 →
   그리하여 친정엄마는 글로벌 친정엄마로 등극!

워킹맘의 성공에는 친정엄마의 도움이 너무 절실해 보이는 건 왜일
까? 아무리 객관적으로 보려 해도, 그리고 원조 워킹맘의 딸로 성장해

서 지금도 일하는 우리 엄마가 자랑스러움에도 불구하고, 난 이런 건 어림없겠구나. 힘이 빠지는 걸 뭘까? 친정엄마가 어려우니 시어머님께라도 아주 조금이라도 도움받고 싶었는데 공교롭게 그것도 어긋나니 참…. 그냥 그렇다. 나 역시 글로벌 회사의 지역 법인에서 일하면서 얼마 남지 않은 내 젊은 날 중에 한국보다 조금 더 넓은 시장에서 일해보고 싶다는 꿈이 있다. 나는 글로벌 친정엄마를 탑재하지 못했으니 내 대안은 무엇일까? 어쩌면 아예 이런 꿈은 접어놓고 사는 것이 정신건강에는 훨씬 좋겠다.

한국에서
엄마로 살아가기

육아 휴직으로 무늬만 회사 소속으로, 실제로는 클라이언트는 아이, 보스로는 남편을 모시는 동네 아줌마로 살아보고 나니 늘어난 것은 관찰력. 그 놀라운 관찰력으로 동네를 스캔해 본 결과 한국 사회에서 가장 바쁜 사람은 아이 둘(또는 그 이상)을 둔 전업주부가 아닐까 싶다.

물론 워킹맘이 표면적으로 더욱 바쁘다. 육아와 일을 병행해야 하니까. 그러나 카멜레온처럼 다양한 역할을 해내는 것은 오히려 전업주부이다. 오늘은 내 베스트 프렌드이자 내 친구 중 슈퍼맘 2호인 조 모양이 우리 동네를 방문한 김에 오랜만에 얼굴을 봤다.(슈퍼맘 1호는 아이를 초등학교에 보낸 이 모양)

조 모양은 아이 둘의 엄마로서 우리끼리만 조촐히 얼굴을 본 건 그녀가 둘째를 임신했던(그것도 꽤나 오래전이군…) 몇 해 전에 윤종신 콘서트에 갔을 때이고, 이후로는 아이들을 데리고 정신없이 잠시 보거나 그것도 안 되면 아주 가끔 전화로 안부를 묻는 정도였는데, 오늘 우리 동네를 방문한 것은 바로 요즘이 연말 정산 시즌이기 때문이다. 우리 동네에는 유명한 대학 병원이 있는데 가족이 여기서 치료를 받은 적이 있어 연말 정산 제출용 서류를 떼러 왔다는….

오랜만에 우리는 여유 있게(?) 차를 마시는 듯했지만 그녀는 계속 멀티태스킹처럼 남편 전화에 응답하고 친정엄마에게 맡기고 온 아이를 챙기고 게다가 언니와 조카까지 간간이 챙기고 있었다. 돌아가는 길에는 마트에서 장본 것을 모바일로 확인하고 첫째가 하원하는 시간에 맞춰 다시 부리나케 돌아갔다.

앞에서 잠깐 언급한 슈퍼맘 1호의 요즘 생활은 어떠한가? 슈퍼맘 1호 이 모양은 겨울 방학을 맞이한 큰아이를 과학관에 데려다주고, 데려오는 '엄마 택시' 및 아이의 막바지 겨울 방학 챙기기로 아주 바쁘단다. 아침 일찍 막히는 길을 뚫고 작은 아이를 유치원에 데려다주고 큰아이를 데리고 겨울 방학 활동에 이리저리 데리고 다니다가 다시 작은아이의 하원 시간에 맞춰 엄마 택시를 가동한다.

첫 직장에서 옆 팀이었던 그녀는 이젠 그냥 친구다. 너무도 친한…. 일도 참 싹싹하게 잘했던 그녀에게 일로는 언제 복귀할 거냐고, 종종 내 지인들이 추천하는 포지션을 내밀어도 시큰둥했던 이유가 있었다. 생각보다 대한민국에서의 육아 더 나아가서 교육은 엄마를 꼭 필요로 한다.

지금은 꿈이가 어리니까 교육보다는 보육이 문제이지만 조금 더 크면 교육, 그것도 사교육은 돈도 돈이고 엄마의 정성은 배로 드는 그런 육아 시즌 2가 펼쳐질 거란다. 지금은 아무것도 아니라는…. 초등학교 들어가기 전부터 영어와 중국어를 배우고 엄마들은 질세라 아이들이 하는 과정을 다 마스터하여 배우고 그렇게 끝나면 좋은 학군 초등학교에, 그다음에는 국제 중학교, 그다음에는 특목고에 유학에 그 뒤에는….

나는 사실 뚜렷하게 워킹맘으로 살 자신도, 그렇다고 전업주부로서 슈퍼 파워를 발휘할 깜냥도 이도 저도 나는 아무것도 아닌가 하는 생각이 들기도 했다. 어쨌든 워킹맘으로 살든, 전업주부로 살든 엄마의 삶은 슈퍼 파워를 필요로 하는 것 같다.

친구의 말을 듣고 처음으로 든 생각은 그렇게 살다가는 정말 써야 할 에너지와 정말 샘솟아야 할 호기심이 이미 인생 초반에 다 고갈되어 대학에 가서는 우울증에, 그 뒤에 가서는 허무주의와 무기력증에 시달리게 될 것 같다는….

한국처럼(뭐 한국뿐이겠어? 공자의 후예들은 어느 나라든 다 그렇겠지) 학교, 학연을 중심으로 사회적 지위가 정해지고, 어느 시기를 지나면 계층 간의 이동이 너무도 어려워진 사회에서 그렇다고 자, 네 인생은 네가 알아서! 식의 방목도 쉽지는 않을 법. 결국 뻔하지만 정답일 수밖에 없는 결론은 부모가 중심을 잡고, 욕심을 부리지 않는 것.

나는 그냥 꿈이가 순수하게 하고 싶은 일이 있었으면 좋겠고, 그것을 위해 호기심과 에너지를 썼으면 하고, 그런 환경을 만들어 줄 내 겸손한(?) 능력을 보태고 싶을 뿐이다. 그리고 자식이 의사가 되고, 변호사가 되었다고 자랑하는 지인 앞에서 내 자식이 이룬 업적을 하찮게 여기지 않고, 누군가 꿈이의 성취를 시기하는 눈길이 있더라도 그 앞에서 겸허한 사람이 되기를 바랄 뿐…. 그럼에도 불구하고 한국에서 아이를 키우는 일은 참으로 무섭다, 그 환경이 말이다.

한국에서 엄마로 살아가기는 그야말로 슈퍼맘이 되기를 무언중에 강요받는 것이고 슈퍼맘이 된 엄마는 자신의 아이가 슈퍼키드가 되기를 은근히 바라게 될 수밖에 없는 것 같다.

아이가
너무너무
보고 싶은 날

일하다 너무너무 아이가 보고 싶은 날이 있다. 늘 아이 생각과 걱정을 탑재한 채 일하긴 하지만 정신없이 하루가 한 시간 같이 흘러간 날, 스트레스에 절어서 마음의 여유가 없는 날들이 많다 하더라도 어쩌다 급한 일정이 미뤄지거나 취소된 날, 점심 먹으러 나갔다가 비슷한 또래의 아이를 데리고 지나가는 아이 엄마를 보는 날, 그런 날들은 아이가 참 보고 싶다.

시계를 보며 이런 생각들을 한다.

'아, 1시 반이니 이제 어린이집에서 밥 먹고 낮잠 잘 시간이겠네. 오늘도 밥 먹다 졸았을까?'

'이제 4시네, 이제 하원해서 집에서 놀고 있을까? 꿈이가 좋아하는 서준이랑 놀고 있나?'

'어디 아픈 데는 없나? 엄마를 찾지는 않을까? 오늘 일찍 나오느라

얼굴도 못 보고 나왔는데 이럴 때 아이는 어떤 생각을 할까?'

휴대 전화에 가득한 아이 사진을 보면서 물리적으로 멀리 있는 것도 아니고 이 아이가 무슨 인기 스타, 아이돌이라 만나기 어려운 것도 아닌데 일상을 살아가느라 하루에 고작 1~2시간 같이 있다는 게 일상의 비극이구나 싶다.

다소 감정이 격해지는 날이 있더라도 일하는 게 나다운 것이기에, 나의 행복과 아이의 행복을 위해서 일한다고 생각하지만 아직 어린아이는 무슨 생각, 무슨 감정을 가지는지 궁금하다.

평일엔 많아야 고작 두어 시간, 대부분 아이의 일상은 이모님이나 어린이집 선생님이 보내 주시는 사진으로 뒤늦게 봐야 하는…. 어쩌면 인생에서 가장 중요한, 인생에서 단 한 번밖에 없는 아주 귀한 아이 성장이라는 라이브쇼를 놓치고 있다는 생각이 든다. 아이는 어린이집에서 어떤 표정을 지으며 놀고 있는지, 친구들과의 장난감 다툼에서 시무룩하고 있지는 않은지, 하원길에 발견한 새로운 풀꽃을 보며 신기해할 테고, 동네 슈퍼 앞을 지날 때는 뽀로로 주스를 사달라고 할 것 같은데 그 작은 손을 내밀어 "띡 해 주세요.(계산해 달라는 뜻)" 하고 말할 텐데…. 이 모든 순간을 놓치는 것이 안타깝고 아깝다.

회사에서 쓰던 보고서를 이어 쓰며 오늘은 일찍 가서 아이 얼굴을 봐야지 생각한다. 아, 보고 싶다, 내 딸….

\ 엄마는 회사에서도 늘 꿈이 생각을 해.

이런 날도
인생의 하루이거니

감기에 무지 취약한 우리 아이. 그래서 지난달엔 보약도 지어 먹였건만(물론 그렇다고 앞으로 감기에 안 걸릴 거라고 기대한 건 아니었지만) 한 달 만에 다시 콧물이 흐른다. 꿈이는 콧물로 시작하여 중이염이 같이 진행되고, 곧 고열이 오르는지라 아이가 재채기하면서 초기 감기 증상을 보일 때부터 노심초사하고 콧물이 나기 시작하면 '또 시작이구나.' 싶다. 이젠 체온계를 대기 전에 손으로 만져만 봐도 어느 정도 열이 오른 지를 알 수 있고, 아이의 표정만 봐도 이 감기가 언제까지 가겠구나 하는 걸 짐작하는 경지에 이르렀달까?(뭐 이런 경지를 바라지는 않았다)

열은 늘 무섭지만 그래도 이젠 한두 번이 아니라서 그러려니 하면서 작년보다는 불안한 마음을 조금 내려놓았지만 아이가 자주 아픈 것이 엄마 탓이 아니라는 것을 알면서도 그냥 힘이 빠진다. 오늘은 마침 운 좋게 반차를 낼 수 있어서 병원도 직접 데리고 가고 오는 길에 마트에 들러 앵무새와 금붕어, 이구아나 구경도 시켜 줬는데 이럴 기회도 많지 않겠구나 싶은 것이 뭘 해도 마음이 불안하다.

집에 돌아와 잠든 아이를 보면서 또다시 이럴 때마다 혼자 마음 졸이는 작고 작은 엄마인 것이 억울하고, 육아 독립군인 것이 한스럽고, 여기저기를 원망하는 것을 몇 바퀴 순환하면서 마음속으로 붉으락푸르락하다가 그냥 이런 마음도 다 내려놓을 수 있다면, 내가 좀 큰 사람이면 얼마나 좋을까 하는 생각도 들었다.(그러기엔 나는 나를 너무 잘 알아)

괜히 힘 빠지는 하루를 시작하다 오후에는 지난달 요구르트비가 밀렸다는 얘기를 듣고(나는 이런 건 정말 철저한 사람이라 밀리거나 하는 일이 없다) 통화를 하다가 버럭하기까지(결국 통장 내역을 뒤져 보니 내 말이 맞았지만) 그러다가 난 왜 이러나, 왜 이렇게 안달하고 불안해하고 화를 내나, 하는 생각에 기운이 빠졌다.

이유는 늘 같다. 뭔가 늘 많은 책임을 혼자 다 지는 것만 같은 억울함이 있다. 다 때려치우고 싶다. 회사도 때려치우고, 지긋지긋한 인간관계도 때려치우고, 그냥 인생 자체를 다 때려치우고 리셋하고 싶은 날이 있다.

요즘 이런저런 감정들이 휘몰아칠 때 '겨울 왕국'의 노래처럼 '렛잇고(Let it go)'하도록 그냥 내버려 두기를 꽤나 연습했더랬다. 그리고 지금 이렇게 화낼 일을 한 번 참았을 때, 언젠가 더 큰 내가 되어, 욱하는 걸 한 번 참은 지금의 나를 기특히 여길 거라 믿으면서…. 근데 오늘은 그 연습이 잘 되질 않았다.

어쨌든 하루는 끝났고 아이는 잠들었고 잠든 아이의 체온을 한 번 더 확인하고 나는 술 한잔과 함께 이렇게 끄적이고 있다. 무감정보다는 그래도 욱하는 감정이라도 느끼는 것이 살아 있는 거라고 위로하며 이런 날도 인생의 하루이거니…. 그러나 다 때려치우더라도 내 자식만은 때려치울 수가 없다는 생각에 다시 힘을 낸다. 이런 마음, 어차피 너는 모를 테고, 좀 커서 사춘기가 되면 엄마가 해 준 게 뭐가 있냐고 할지라도….

크리스마스이브의 단상

　결혼 8년 차, 이제 아이도 태어나고 나니 늘 명절과 같았던 크리스마스의 존재를 어린이집에서 산타 선물 보내달라는 쪽지를 보고서야 알았다. 이렇게 크리스마스와 함께 또 한 해가 가겠구나라는 생각과 불현듯 산타 선물은 뭘 보내지, 이 시간에 뭘 사지, 근데 이 산타 선물은 내 아이에게 주는 건가 아니면 내 아이가 다른 아이에게 주는 건가 궁금해하다 지난 가정 통신문을 다시 들여다보고서야 알았다.

　이왕이면 정성 들여 산타로 가장한 엄마의 카드도 한 장 써서 넣고 싶은데 카드는커녕(어차피 아이가 읽지도 못하지만) '이미 늦은 시각 뭘 사서 보내지?' 하다 얼마 전 호의를 베푼 동료에게 줄 아이 방용 램프를 포장해 둔 것을 발견! '에라, 모르겠다. 일단 이걸로 때우고 동료 건 다시 하자.'의 마음으로 산타 선물로 대신하기로 했다. 급 무거웠던 마음이 가벼워지는 듯…. 아직 아이가 어려서 이런 은근슬쩍인 엄마 마음은 모르겠지?

크리스마스는 항상 내가 받는 나의 날이라고 생각했었는데, 내 아이를 챙기다 보니 이제야 비로소 내가 어른이 된 것 같다. 육아 휴직 종료와 복직과 이직, 이후 많은 육아 갈등들, 두 번의 이사 등 많은 어려움이 있었던 한 해였는데, 그래도 지금 돌아보니 아이도 그사이에 많이 큰 것 같고 나 역시 그 가운데 좀 더 자란 것 같다. 내가 처음 블로그에 '워킹맘의 딸' 연재를 시작하면서 보잘것없는 글 나부랭이를 감사히 읽어 주시고, 공감해 주시고, 댓글도 달아 주시는 분들 가운데 "그럼 워킹맘으로는 좋은 점이 하나도 없나요?"라는 질문을 받았었는데 지금 드는 생각은 좋은 점도 있다. 이 많은 고군분투 속에서 좀 더 자라나는 것. 바로 이것이 워킹맘으로서의 좋은 점이랄까?

한 해를 열심히 살아왔으니 크리스마스이브 기념으로 내게도 산타의 선물이 도착하려나? 일단 빌어나 보자.

"산타할아버지, 이제 서른 후반으로 달려나가는 이 큰 아가에게도 선물 하나 주실 수 있나요? 제 선물로는요…. 좀 더 인내하고 그래서 성장할 수 있도록 '응원'이라는 선물을 주셨으면 해요!"

산타할아버지도 그리고 저와 비슷한 선물을 기다리고 있을 많은 워킹맘들에게도 메리 크리스마스!

5장

워킹맘 서바이벌

워킹맘
레벨업

　어느 날 달력을 보니 7월! 불현듯, 육아 휴직을 끝내고 일터로 복귀한 것이 작년 7월 1일이었으니, 리얼 워킹맘으로서 산 지 1년이 되었다는 사실을 깨달았다. 불과 1년 전의 일인데, 10년 넘게 일하면서 가장 긴 시간 무려 9개월을 출산 휴가+육아 휴직으로 보낸 뒤 사회인으로 돌아온 그 모든 변화 과정이 사르륵 스쳐 지나갔다. 지난 1년에 담긴 한숨, 웃음, 좌절, 다시 일어나기 등등의 모든 감정과 과정이 압축되어 또 하나의 잔상으로 떠올랐다.

　일만 챙기면 되었던 이전의 직장인이 아닌 일과 육아(그리고 가사)를 동시에 챙겨야 하는 워킹맘으로의 변화는 시행착오의 연속이자, 눈물과 안타까움 그리고 남편과의 신경전(누가 더 먼저 와서 아이를 볼 것인가 등등)으로 가득 찼던 것 같다.

　한편으로는 '벌써 1년?' 싶기도 하다가 또 한편으로는 '겨우 1년?' 싶기도 하다. 그러나 뭐라 해도 포기하지 않고 지난 1년을 하루하루 넘어지고 또 일어나기를 반복하며 꾸려 왔다는 거. 지난 1년에 비하면 지금은 아이가 아픈 것은 아이가 커 가는 과정의 하나이며, 가족이 양육을 안(또는 못) 도와주신다고 원망할 부분은 아닌, 남편 역시 나름의 방식으로 아이를 사랑하고 돌보려고 노력하고 있으며 그게 내 마음에 차지 않는다고 그것이 비난받을 일이 아니다로 바뀌었다. 순간순간 어려운 상황들이 있었으나(아니 많았으나) 온몸과 마음 다해 간절히 최선을 다해 매번 상황을 해결했고 울었고 웃었고 싸웠으니 지난 1주년을 워킹맘으로 살아온 나를 충분히 자랑스러워해도 되겠지?

덕분에 삶의 체력도 한 단계 업그레이드되었고, 나 역시 더욱 성숙한 인간이자 사회인으로 자랐다. 아쉬운 부분만을 보자면 한없이 아쉽지만, 좋은 부분을 보자면 얼마나 좋은 일들이 많은가. 힘들 땐 또 너무 힘들었지만, 나는 아직 일을 하고 있다. 아이는 잔병치레를 자주 하지만 그래도 큰 탈 없이 잘 자라고 있으니….

아이가 두 돌이 되고, 나도 워킹맘으로서 조금 지내고 보니 막 복직했을 때보다는 일상에서 느닷없이 닥치는 문제에 대한 해결력, 짬을 활용한 잠깐의 휴식, 일할 시간을 조금이라도 더 확보하기 위한 나만의 전략 등 나름의 노하우가 생겼다. 물론 나보다 훨씬 고수이신 워킹맘 선배님들이 보시기에는 귀여운 노하우에 불과할 수도 있지만, 누군가에게 조금이라도 도움이 되길 바라는 마음으로 적어 본다.

1. 야근 대신 조근

퇴근 후 가급적 빨리 집에 들어가 이모님을 퇴근시켜야 하는 막중한 임무를 가진 나는 사전에 예정된 야근, 회식이 아니면 아무리 늦어도 7시 20분까지는 퇴근해야 한다. 그러나 일이 저절로 줄어들지는 않는 법. 그래서 나는 주로 '야근' 대신 '조근'을 한다. 지난 3주 그리고 오늘까지 나의 조근 시간은 주로 7시경에 회사에 도착하여 아무도 없는(그래서 아무 방해도 없는) 시간에 최대한 집중하여 중요한 일들을 처리(또는 처치)하고는 한다.

이 방법은 참 좋다. 일단 아이가 본격적으로 활동을 시작하기 전(정확히는 아직 자고 있는 중)에 후다닥 출근 준비를 할 수 있고, 좀(아니 많이) 미안하긴 한데 아이가 출근할 때 엄마와 떨어지기 싫어서 울고, 달래고 하는 시간을 아낄 수 있다. 지하철을 타면 자리도 있다. 무엇보다 아침에 아무도 방해하지 않기 때문에 최대한 집중할 수 있다는 게 제일 큰 장점!

물론 부작용도 있다. 너무 일찍 출근한 나머지 오전 10시 반이 되면 평소의 12시 정도가 된 듯, 피곤하고 배가 고프고, 화장도 너무 일찍해서 11시쯤 화장실에 가 보면 이미 얼굴에 개기름이 돌기 시작. 이럴 땐 점심시간에 밥 대충 먹고 잠을 자는 방법이 빠른 해결책. 물론 화장 수정도!

2. 점심시간을 황금같이 활용하기

워킹맘으로 살아가는 데는 퇴근 시간 이후에 무언가를 계획하기가 어렵다. 중요한 회식, 꼭 저녁에 해야 하는 일들은 아이를 봐주시는 시터 이모님과 아이 아빠의 스케줄을 미리 파악해서 잡지만, 아주 급히 생기는 피할 수 없는 야근은 굉장히 눈치를 살피며 시터 이모님께 부탁드린다. 하지만 이외 네트워킹이나 비즈니스적, 개인적으로 살펴야 하는 인간관계나 급한 용무로 저녁 시간을 이용하기가 참으로 어렵다.

이건 점심시간을 잘 활용하는 수밖에 없다. 워킹맘으로 1년을 지내면서 점심시간 활용하기에 어느 정도 노하우가 생겼는데, 내 점심시간은 회사 내외 그리고 개인적인 네트워킹, 개인적인 친목을 위한 모임, 기타 정보성 모임, 약간의 운동 및 의도적 고독의 시간으로 활용하고 있다.

3. 컨디션 관리

나는 워낙 잔병치레를 많이 하는 편이라 환절기를 몸살, 감기 없이 온전히 넘기기 힘든 사람이다. 그런데 아이를 낳고 나니 여기저기 몸이 더 자주, 많이 아프다. 그런데 이렇게 아플 때마다 아픈 티를 내거나 휴가를 낼 수도 없는 일이다. 게다가 아이 역시 잔병치레를 너무 자주 해서, 언제 또 아이가 갑자기 아플지 모르기 때문에 내가 아플 때는 무슨 수를 써서라도 버텨내야 한다는 강박증도 가지고 있었다.

그러다 보니 그저 아프더라도 안 아픈 척하고 끙끙거리며 온 에너지를 다 소진하고는 했는데 이렇게 해서는 오래갈 수가 없다. 일단 아플 것 같은 그 직전의 순간을 잘 대처해야 한다. 의학적으로는 그냥 포도당이기 때문에 별 효과가 없다고는 하지만 잠시 동네 의원에 가서 링

거 주사를 맞는다. 물론 비용이나 시간을 따져 보면 이것도 만만치 않은 투자이지만 앓아누워서 끙끙거리며 며칠을 더 악으로 깡으로 버티다 결국 더 크게 앓으면 그때는 더 많은 비용과 체력 낭비가 발생한다. 게다가 자기관리 못하는 사람으로 이미지와 신용에 손상을 입는 것도 각오. 그래서 아플 것 같을 때 일단 주사라도 맞고, 바로 비타민C를 폭풍 흡입하고 몸을 살살 다루어 더 크게 아프지 않도록 막는 것이 필요하다.

4. 업무&육아 일정 함께 관리하기

평소에 나는 자주 기록하는 습관을 가지고 있다. 아날로그로는 스케줄러와 일기장을 가지고 있고, 늘 이 둘을 가지고 다닐 수는 없으니 디지털로는 구글 캘린더 및 회사 비즈니스웨어에 딸려 있는 스케줄러를 보조로 같이 쓰고 있다. 그리고 나는 메모를 꽤 잘 관리하는 사람이었다. 그러나 워킹맘으로서 이 모든 것들을 관리하는 것 자체가 불가능해져 버렸다. 일단 이전에는 비즈니스 일정과 개인 일정만 관리하면 되었는데 이젠 아이와 아이를 둘러싼 가족의 일정도 동일한 중요도로 적고 실행해야 하기에 말이지.

먼저 나는 아이와 관련된 일정을 관리하기 위해서 별도의 스케줄러를 샀다. 접종 기록, 아이 어린이집 등록, 문화 센터 개강일자, 시터 이모님 월급날 기타 미리 준비하지 않으면 낭패를 보는 돌잔치 준비 일정 등등을 기록했다. 물론 이 스케줄러는 복직 전까지는 꼼꼼히 기록하면서 꽤나 쓸모가 있었으나 문제는 비즈니스 스케줄러, 아이 일정용 스케줄러에 일기장까지 이 모든 것을 다 소지하고 다닐 수가 없으므로 하나를 챙기면 하나가 없고, 어, 오늘은 아이용 스케줄러를 안 가져왔네, 하고 다른 메모장에 적었다가 어느 스케줄러에 적었는지 기억이 안 나는…(출산 후 현저히 떨어지는 기억력에 어딘가 적어둔 것을 결국은 그 '어딘가'를 기억하지 못하여, 기록하지 않느니만도 못한 결과를)

결국 나는 출근과 함께 아이용 스케줄러를 따로 쓰지 않기로 했다. 그리고 일기장도 집에만 두고 업무, 아이 그리고 개인용 메모를 적을 수 있는 단 하나의 스케줄러로 통일하고, 디지털로는 구글 캘린더 그리고 일기장은 구글 메일로 내가 내 이메일 계정으로 보내는 식으로 필요할 때마다 일기를 쓰는 방식으로 적었다. 메인으로는 스케줄러를 쓰면서 삼색 펜으로 비즈니스 일정은 검은색, 아이의 일정은 파란색으로 적는 형식. 그리고 기록할 것이 많은 경우에는 스마트폰에 연계된 구글 캘린더에 추가 기재하여 알람이 뜨도록 설정해 두었다.(이렇게 하지 않으면 가뜩이나 기억할 것이 많은데 깜빡하기 쉽기 때문이다)

그런데 이렇게 하고도 뭔가 아쉬웠다. 예전에는 아이용 스케줄러에 문화 센터 수강증, 아이사랑카드, 각종 증명서, 아기 수첩 등도 같이 끼워 관리했었는데 단순히 적는 용도 이외에 보관용의 무언가가 필요했기 때문이다. 그래서 가지고 다니지는 않지만 집에서 보관할 용도로 클리어 파일을 하나 샀다. 여기에는 가장 중요한 예방 접종 기록이 있

170
171

고, 아이사랑카드, 아이 보험 기록, 어린이집의 가정 통신문 등을 보관한다.

그리고 앞으로도 워킹맘으로 계속 잘 살아 내기 위해 이런 다짐들을 적어 봤다.

하나, 체력 관리는 필수!

많은 일들이 또 있을 것이고 또 많은 일들을 해야겠지만 그러기 위해서 무엇보다도 중요한 것은 체력 관리라 생각한다. 틈틈이 근력, 유산소 운동하고 특히 고질적인 위염이 도지지 않기 위해 아침에 꼭 따뜻한 국과 밥 조금이라도 먹기.

둘, 정신력 관리, 회복 탄력성 기르기

하루에 30분 이상, 일주일에 반나절은 꼭 나를 위한 시간 갖기.

셋, 일에서 끈기 갖기, 조바심 내기 말기

어떤 일이든 궁극에는 잘 풀릴 것이라는 마음으로, 그리고 나를 믿으며 예상치 못한 일에 감정을 드러내지 말기. 일단 진정 먼저!

넷, 예쁜 나를 잃지 말기

엄청난 미모를 가꾸라는 뜻이 아니라 거울을 봤을 때 떡진 머리, 부스스한 피부 상태로 스스로 혐오 요소를 기르지 말기.

다섯, 합리적으로 소비하고 저축하기

필요하지 않은 곳에서 궁상떨라는 뜻이 아니라 필요한 곳에 합리적으로 쓰기.

여섯, 가족 응원하기

아이에게 인내심을 발휘하고, 남편의 건강 챙겨 줄 것! 우리는 아이가 있는 한 운명 공동체라는 것을 잊지 말기.

워킹맘의
출근 복장 팁

워킹맘이 간편하게 관리할 수 있는 출근 복장 관리 노하우를 소개한다.(이것도 일종의 자기 관리) 내가 패셔니스타는 아니지만 12~13년 사회인으로 살아가면서 그래도 깔끔하게 입고 다니려고 애를 많이 쓰고 있다. 컨설팅하던 시절에는 무조건 정장을 입고 다녀야 했으니 오히려 고민을 덜 했지만, 비즈니스 캐주얼 정도는 입어도 되는 요즘이 더 고민이 된다. 일단 나의 비밀(?)이라고 하기엔 조금 그런, 하지만 몇 년의 시행착오로 인해 완성한 요즘의 출근 복장이다.

1. 액세서리

일단 '귀고리'부터 고른다. 아가씨 때는 달랑이는 것부터 목걸이까지 참 관심이 많았지만, 어느 순간부터(나이를 먹어서인가?) 귀고리가 무거우면 이게 무슨 삶의 무게처럼 느껴진다는…. 그래서 딱 달라붙는 것만 하게 된다. 그래도 이거 하나에 외모에 신경을 쓰고 안 쓰고가 느껴지는 포인트가 된다. 대신 나는 귀고리와 시계 이외에 다른 액세서리는 전혀 착용하지 않는다.

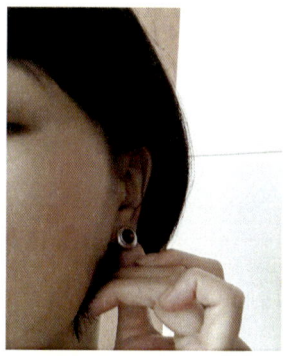

2. 민소매 원피스

나의 비장의 무기(?)까지는 아니고 늘 입는 패턴은 민소매 원피스와 재킷이다. 셀카라 하반신이 안 나왔는데 이런 스타일! 블라우스(셔츠) 또는 스커트도 입긴 하는데 이렇게 위아래를 다 챙기려면 세탁소에 맡기거나 엄청나게 신 경 써서 미리 다림질을 해야 한다. 이런 원피 스가 시간 아끼는 데는 최고!

3. 카디건

그리고 일단 집을 나설 때는 카디건을 입는다. 이건 세일할 때 산 저렴이. 이것만 같은 패턴, 다른 색상으로 3개를 가지고 있어서 막 돌려입는다. 그리고 패스트 패션의 특성상, 한철 이상은 절대 못 입는다. 다 늘어나서. 하지만 초여름부터 세 달 정도 막 입다 보면 한철 입고 버려도 아깝지 않다. 이거 대신 셔츠를 입는다면 그 세탁비가 더 들 것이다.

4. 슬립온

이것도 비장의 무기! 대중교통 콤비네이션으로 출근하는 나는, 출근할 때 구두를 신으면 회사에 도착해서 너무 피곤하다. 그래서 일단 슬립온을 신고 집을 나선다. 이것도 강남역 지하상가에서 2만 5천 원을 주고 산 저렴이. 근데 어찌나 잘 신고 있는지 너무 편하고 좋다. 늦었을 땐 막 뛰어야 하는데 구두의 불편함 대신 슬립온의 편안함을 느끼며 1시간 출근하는 게 합리적이다.

5. 출근하여 구두로 갈아 신기

자, 이제 출근을 했으면 사무실에 갔다 둔 구두로 바꿔 신는다.(몇 켤레 더 갔다 놔야지 했는데 게으름에) 나는 일찍 출근하는 편인데, 회사에서는 프로답게 보이는 것도 능력이라고 생각해서 다른 사람들이 보기 전에 얼른 갈아 신는다.

6. 재킷으로 갈아입기

회사에 왔으니 카디건도 벗고, 재킷으로 갈아입는다. 재킷은 간혹 의자에 걸어둔다. 필요할 땐 가져가서 다른 걸로 가지고 온다는. 이건 비단 노하우 정도가 아니다. 출퇴근 시 재킷을 입고 다니면 엄청나게 구겨지고 여름엔 땀도 엄청나게 난다. 그래서 이렇게 입는 것이 옷의 수명도 늘리고, 세탁 주기도 절약하는 데 큰 도움이 된다.

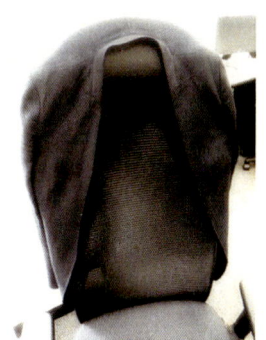

7. 변신 완성!

자, 모두 갈아입고 변신 성공!

집에서 나올 때의 슬립온 신고 카디건 입고 막 뛰어나온 듯한 모습은 이제 안 느껴질 것이다.

워킹맘의 딸로 자라
이제 워킹맘이 된
나는…

　　몇 해 전 초등학교 입학을 앞둔 아이를 돌보기 위해 10여 년의 커리어를 잠시 접고 집에서 아이를 돌본 친구가 최근 3년의 공백을 깨고 사회로 돌아왔다. 커리어 공백을 딛고 다시 취업 전선에 뛰어들기까지 마음을 먹는 게 가장 어려웠다고 하고, 재취업을 위한 과정도 쉽지 않았지만, 아이도 어느덧 2학년이 되었고 친정엄마가 도움을 주시기에 용기를 내어 돌아온 그녀. 그러나 오랜만에 워킹맘으로 돌아온 그녀는 내게 이렇게 말을 했다.

　　"어제 회사에서는 문제가 터져 클라이언트와 상사에게 콤보로 깨지고, 오늘 아침엔 우리 애가 엄마가 회사 다니니까 같이 매미 잡으려도 못 간다고 울길래 아침부터 버럭 혼내고, 집에서 나오자마자 출근길 내내 펑펑 눈물이 나오더라. 이게 다 무슨 소용인지, 뭐하는 짓인지 모르겠다…"

나는 아직 겨우 2살 아이를 하나 둔 초보 엄마라 감히 초등학생 아이를 키우는 고수 엄마를 위로하기엔 내공이 부족하지만 급감정 이입된 부분은 내 친구인 워킹맘의 입장이 아닌, 친구의 아이인 '워킹맘의 딸'의 입장에서다. 그리고 갑자기 영화처럼 떠오른 한 장면.

30여 년 전 그날은 정확히 3월 2일, 내 초등학교 입학식 날이었다. 그날 엄마가 휴가를 못 내서 아빠가 나를 입학식에 데리고 가기로 했었는데, 아빠마저 회사에 급한 일이 생긴 것이다. 나는 이제 학교엔 못 다닌다며 집에서 울고 있던 기억이 난다. 다행히 연락을 받고 급히 달려온 이모가 입학식에 데려다주셨다. 이모는 엄마한테 애가 3월 초에 한여름 원피스를 입고 있다고 당장 일을 관두라고 하셨다.

그 이후로도 몇 번의 비슷한 에피소드가 있었고 엄마는 내가 초등학교 1학년 1학기가 끝나갈 무렵 결국 사표를 내셨다. 물론 몇 년 후 엄마는 다시 일을 시작하셨다.(내가 한참 클 때 한 중학생까지?)

이 입학식 에피소드는 내게 큰 상처였다. 그날을 떠올릴 때마다 나는 내가 울고 있던 방 안의 가구 배치까지 기억날 정도로 또렷하게 그날이 기억이 났다. 그리고 그 한여름 원피스라는 옷은 내가 가장 좋아하던 무지개가 그려진 원피스였다. 나는 그날 들뜬 마음으로 입학식이라는 생애 첫 학교 입문에 들떠 가장 좋아하는(하지만 한여름 원피스를) 옷을 꺼내 입고 엄마를 기다리고 있었으리라….

이후 이부제 수업 오후반에 학교 가는 걸 까먹고, 숙제를 까먹고, 계단에서 넘어지고 몇 번의 에피소드로 나는 울보가 되었고, 그 시절을 생각하면 외롭다는 생각이 든다. 아마 엄마랑 매미 잡으러 못 간다고 얼마의 출근길에 눈물을 흘렸을 친구의 딸도 비슷한 마음이 아니었을까? 아이들은 감정 표현에 서투니까 단순히 매미 얘기를 들먹였겠지만 아이는 표현하지 못하는 더 많은 감정을 담고 싶었으리라. 이것은 워킹맘의 딸로 살아가는 일상이기도 하고….

그러나 워킹맘의 딸로 살아가며 큰 트라우마가 될 수도 있었을 이런 에피소드들을 만들어 내면서도 신기한 건, 어느 정도 내가 컸을 땐 이런 생각들은 잘 떠오르지 않았다. 그리고 상처는 있었지만 나는 그 덕에 좀 더 감정에 성숙하고, 책임감 있는 사람으로 성장했다는 자부심이 있다. 워킹맘의 딸로 살아왔고, 다시 워킹맘의 딸을 키우고 있는 엄마의 입장 둘을 다 경험해 보니 이 둘의 입장이 다 이해가 간다, 이제는….

근데 중요한 것은, 외로웠고 여러 어려운 점도 있었지만 나…. 이만하면 잘 컸다고 생각한다. 잘 성장했다는 것은 정의하기 나름이고 글쎄 더 사회적으로 성공해야 잘 큰 건지는 모르겠다만 이 정도면 잘 컸다고 생각한다. 그리고 아직도 일하고 있는 꼬장꼬장한 우리 엄마가 꽤 자랑스럽다. 내가 스스로 잘 컸다고 믿기까지, 엄마가 자랑스럽다고 생각할 때까지 꽤 오래 걸렸지만 이만하면 되지 않았나? 워킹맘의 딸로 살아가는 것이 외롭거나 슬픈 일인 것만도 아니고 이 정도면 엄마도 나도 윈윈이라고 생각한다.

예비 워킹맘의 고민,
아이를
언제 낳는 것이 좋을까

이미 아이가 있는 워킹맘들에게는 아이를 언제 낳을까 또는 둘째를 언제 낳을까 하는 고민이 이미 일단락되었을지 모르겠지만, 아직 미혼 또는 결혼은 하였으나 언제 아이를 낳을까를 고민하는 후배 워킹맘들에게는 일하다 언제 아이를 낳을 것인가가 최고의 화두일 것이다. 결혼은 일찍 하였으나 어쩌다 보니 회사 ↔ 집을 반복하다 늦게 엄마가 된 사람으로서 비슷한 고민을 하고 있을 동지들을 위해서 내 지극히 개인적인 의견을 적어 본다.

나는 결혼 7년 차에 아이를 낳았다. 결혼 3년 차에 뜻하지 않게 임신한 적이 있었지만 유산하고 말았다. 그때는 2세를 갖는 계획에 너무도 소홀했기에 오히려 무덤덤했는데 시간이 흐르고 가족 계획을 더 이상 미룰 수 없게 됨과 동시에 노력에도 불구하고 뜻대로 아이가 생기지 않자 그간의 지나친 무던함(?)이 후회되기도 했다.

나는 서른다섯, 남편은 서른아홉에 아이를 낳았고 이제 해가 두 번 바뀌어 나는 서른일곱, 남편은 마흔하나가 되었다. 주변 어른들이 한 살이라도 어릴 때 아이를 낳아야 한다고 채근하시던 이유를 지금은 알 것 같다. 육아는 전적으로 체력전이기에 일단 어른들의 말씀이 맞다. 이제 어느 정도 연식이 있는 나와 남편은 주말 내내 아이를 보고 나면, 충전하는데 아주 오랜 시간이 걸리기 때문이다. 그리고 아이를 일찍 낳으면 커리어에 방해가 될 것 같지만, 오히려 빨리 낳고 어느 정도 키워둬야, 중간 관리자가 되어 업무에 시간과 체력을 좀 더 할애해야 할 때 오히려 도움이 된다는 조언도 이제야 이해가 된다.

아마 내가 그랬듯, 그리고 걱정했듯이 똑같이 고민하고 걱정하는 후배들, 예비 엄마들이 있을 것 같다. 지금 생각해 보면 어쩜 그렇게 아무 생각이 없었을까 싶을 정도로 그저 나는 30대 중반까지 회사와 집만 오갔던 것 같다. 그리고 최근 5년 동안 해외 출장도 잦아 여기저기 바쁘게 돌아다녔다. 그 덕에 주말에는 소파에 눌어붙어 잠만 잤었다. 그리고 나머지 시간에는 언제 석사 과정을 시작할지, 어쩌면 해외에서 일할 수 있을지의 생각들만 잔뜩 했었다.

시간이 지나고 나뿐만 아니라 같이 사는 남편도, 그리고 가족도 고려해야 한다고 깨달았을 때 나는 이미 서른 중반이 되었다. 아이를 가지는 문제로 남편과도 여러 번 다투었고, 무엇보다도 내가 아이를 낳고 잘 기를 자신이 있는지 확신이 서지 않았다. 주변에는 육아와 일을 병행하느라 쩔쩔매는 선배들의 모습만 보였고, 옷에 밥풀 붙인 채 머리도 부스스하게 늘 지각하며 나타나는 그녀들, 회사에서 큰 소리로 아이를 돌봐주시는 분과 통화를 하는 것도 이해하기 어려웠다. 그냥 왠지 아이를 낳는 일은 내가 할 수 없는 일, 심지어는 해서는 안 되는 일일 것만 같은 두려움마저 들었다. 그리고 기저에는 내가 어릴 적 당시 흔치 않았던 워킹맘이었던 엄마에 대한 서운함과 있었을지 모른다.

그러나 결론부터 말하자면 그런 고민은 길게 할 필요가 없는 것 같다. 그렇다고 주변의 조언을 무조건 다 받아들일 필요도 없는 것 같다. 무엇이든 내게 맞는 때에 하면 된다. 지금 와서 내가 체력이 부족하다고 좀 더 아이를 일찍 낳을 걸 하고 후회하지는 않는다. 단지 빨리 낳으면 좋다고 했던 선배들의 말이 맞았다고 인정할 뿐이다.(조언을 인정하는 것과 그 조언을 따르지 않았다고 내가 후회하는 것과는 엄연히 다르므로)

아이를 낳는 일도 기르는 일도 사실 하나의 프로젝트 같다. 위험도 있고 위기도 찾아온다. 그리고 아무리 위기 대책 계획을 세워도 안 먹혀 몸으로 때워야 하는 경우가 많다. 몸으로 때우는 것보다 더한 멘붕도 찾아온다. 그러나 이것저것 생각하면 직장을 다니는 것도 인생을 사는 것도 다 같은 것 아닌가?

아이를 낳으면 당연히 출산 휴가(길게는 육아 휴직)로 일을 떠나 있어야 하니 업무에서 멀어지고, 그러나 보니 기회에서 멀어지는 것도 사실이다. 그리고 집에서만 있으니 당연히 스트레스도 받고 힘든 것도 사실이다. 그러나 적어도 내가 애를 낳아서, 또는 애를 기르느라 무엇을 못한다가 아니라 그렇기 때문에 더욱더 열심히 한다의 자세라면 아이 낳기와 기르기 프로젝트는 충분히 의미가 있다.

  아이를 낳을까, 말까, 언제 낳을까 고민하는 미래의 동지 육아 후배님들, 내 생각이 답이고 내가 정한 시기가 맞는 때이므로 너무 고민하지도 그렇다고 너무 성급하지도 마시기를⋯. 나 역시 몇 년 후 꿈이가 좀 더 커서 이 책을 읽었을 때 하루하루 초보 엄마로서 멘붕의 나날을 보냈던 기억이 아이와 나의 성장에 밑거름이 되었음을 깨닫게 되길 빈다.

출산 휴가를 앞둔
예비 워킹맘들에게

이제 점점 무거워져 가는 배를 부여잡고 매일 출퇴근 여행(?)을 하고 계신 직장인 예비맘들에게 이 글을 쓴다. 곧 태어날 아이가 두 번째, 세 번째라면(또는 그 이상의 순번, 진정한 애국자, 능력자이신 이분들께 심심한 존경과 감사를 드립니다. 진정한 영웅이세요) 이전의 경험을 바탕으로 이미 지금의 시기와 앞으로 다가올 출산 휴가(또는 육아 휴직)의 기간을 어떻게 지낼 것인가에 대한 레이아웃이 그려졌을 것이다.

하지만 모든 것이 처음이어서 설레기도 그리고 두렵기도 할 첫 경험을 앞에 두신 예비맘들은 일단 출산 준비물을 챙기면서 직장에서는 업무 인수인계를 준비해야 하고 돌아올 때를 대비해서 내 자리가 보장될 수 있도록 방어도 해야 할 다방면으로 신경 써야 하는 많은 문제에 살짝(내지는 무지) 몸과 머리가 동시에 무거워지는 시기이기도 할 법.

일단 많은 걱정이 있을 테고, 특히 아이를 낳으면 온몸과 마음에서 흘러넘치는 호르몬이 내 정신을 온전히 두지 않을 것이다. 이때는 눈물도 나다가 기쁘다가 짜증 나다 다시 즐겁다가 왜 나만(남편이 아닌)이 생고생을 혼자 하는가 억울하다가 내 마음은 미친X 널을 뛴다.

내가 왜 이러지 하는 생각이 들 때는 기억하시라, 남도 다 그렇다는 것을…. 그럴 때는 'Keep it SIMPLE!' 단순하게 하는 것이 답이고 이만한 정답이 또 없다는 것을 기억하시기를 빈다. 그러기 위해서 몇 가지 실천해야 할 아이템들이 있다.

첫째, 무리한 욕심을 내지 않았으면 한다.

나는 출산 전에 신의진의 『아이 심리백과』를 읽었는데 저자가 출산휴가 기간 동안 공부 계획을 세웠다가 아이를 낳고 나니 절대 그럴 상황이 아니었다는 것을 깨달았다는 구절을 보곤 '으흐흐, 이 사람은 뭔가 스킬이 부족했었나 보다. 나는 가능할 거야.'라며 왕창 계획을 세웠었다.

아이를 보면서 아이가 낮잠을 자면 책을 읽거나 그동안 업무상에 부족했던 기술을 보완하기 위해 전문적으로 어떤 공부를 하겠다, 그 와중에 아이에게 읽어 줄 책을 써보겠다, 이직 준비를 하겠다 등등…. 그리고 나름 시간표에 하루하루의 분량, 해야 하는 리스트까지 정리했었다.

지금 돌이켜 보면 그게 다 부질없을 뿐만 아니라 쓸데없는 욕심이었다. 차라리 그런 생각할 시간에 잠을 잤어야 했다. 실제로 아이를 돌보는데 대부분의 시간이 가고, 그나마 조금 시간이 생긴다면 잠을 자거나 간단히 스트레칭을 하거나 보양식을 챙겨 먹어야지 이런 다른 뭔가에 정신을 쏟을 여유도 체력도 없다. 아까 언급했던 것 중에 그나마 현실로 이룬 것은 이직인데, 이직도 이력서를 쓰고, 헤드헌터를 만나고, 인터뷰를 보고 하는 일련의 작업을 아이가 6개월이 지난 후 파트타임으로 시터 이모님을 모신 후에나 어느 정도 가능했던 일이다.

혹시 주변에서 출산, 육아 휴직 기간을 이용해서 뭔가 엄청난 개인의 발전을 이루었다는 이야기를 들었다면 이는 부풀려진 것이거나, 아예 아이 돌보는 것은 포기하고(다른 사람 손을 통해 양육하거나) 이를 위해 전력 질주를 했다는 뜻이다. 절대 둘을 같이 할 수는 없다. 그러니 욕심을 내지 말고 아이 돌보기와 시간 날 땐 쪽잠을 자는 데에만 집중하자.

둘째, 거울 속에 보이는 피부가 처지고, 부은 것 같이 살이 여기저기 붙어 있는 나를 인내해야 한다. 아이를 낳고 나면 다양한 부작용들이 따라오는데 20대의 생생한 산모라면 빨리 회복이 되겠지만 요즘 대부분 30대가 넘어서 아이를 낳는지라 그다지 빠른 회복을 기대하기는 어렵다. 특히 아이와 함께 24시간을 집에서 보내는 출산 직후의 엄마들은 수면 양말과 내복, 게다가 토끼나 이상한 기하학적 무늬가 그려진 수유복을 입고 있는, 덧붙여 떡진 머리까지…. 가끔 거울에 비친 내 모습을 부정하며 얼른 빨리 이전의 모습으로 되돌아가겠다고 하다가는 나중에 큰 후회를 하게 된다.(대상 포진이나 요즘은 사라졌다고 들은 영양실조로 인해 결핵에 걸린 사람도 보았다) 이 시기에는 못생기고 뚱뚱한 나를 이겨내는 것이 최선이다.

셋째, 집에 있으면 외롭다. 외롭고 우울해진다. 아이와 함께 있지만 어른 사람이랑 하는 대화가 너무나 그리워질 것이다. 그래서 동네맘 카페에 가입하여 비슷한 또래의 엄마와 함께하는 시간을 갖는 것이 중요하다. 아이를 낳아 기르기 전에는 마트에서 유모차 부대의 엄마+ 아이의 몇 쌍이 왜 저렇게 같이 붙어 다니는지 절대 이해하지 못했었다. 그러나 이건 우울하고 외로운 육아전을 슬기롭게 할 수 있는 진리이니 이를 꼭 기억하기를….

넷째, 가끔 회사에서 일찍 복귀하기를 종용하거나 그렇게 말하지 않아도 본인 스스로 긴 휴직 기간으로 도태되는 것이 두려워 예정보다 일찍 복귀를 결정하는 경우가 있다. 물론 상황은 늘 변하는 것이니 이를 실행하더라도 그 나름의 이유가 있으리. 그러나 웬만한 경우에는 원래 마음먹었던 기간을 채우는 것이 좋을 것 같다. 몇 달 빨리 나간다고 해도 머리가 멍한 것은 같고, 몇 달 늦게 나간다 해도 세상이 무너지지 않는다. 중요한 건 자신과 아이이므로 몸이 완전히 회복되었는지, 아이를 맡기고 갈 상황이 정비되었는지를 파악하여 현실적인 복귀 시점을 결정하는 것이 좋다.

쓰다보니 말이 길어진 것 같다.(어느새 나도 꼰대가 되었나?) 핵심은 휴직 기간 동안 괜한 욕심을 부리지 말고, 스스로를 인내하라는 것…. 낳는 것도 힘들지만 낳고 기르는 것도 쉽지 않은 법. 그를 위해서는 나를 아끼는 것이 오래가는 방법이라고 굳게 믿으며 순산과 무탈한 출산 휴가를 빈다!

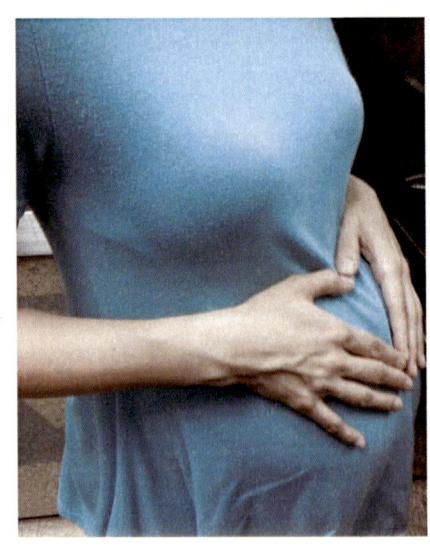

\ 이 배를 해 가지고 원래 몸무게 플러스 20kg에
노트북까지 메고 회사를 왔다 갔다 했다.

복직을 앞둔
예비 워킹맘들에게

선배 워킹맘들이 말하는 워킹맘의 세 번의 위기가 있다.

첫 번째는 아이를 낳고 복직할 때, 두 번째는 아이가 초등학교에 들어갈 때, 세 번째는 아이가 중학교에 들어가서 첫 성적표를 받아왔을 때라고 한다. 나는 아직 두 번째, 세 번째 단계는 다다르지 못한 초보 워킹맘이지만 첫 번째 고비는 이제(?) 넘겼다고 생각한다. 얼마 선배도 아니지만, 조금이나마 나의 복직 경험담이 도움이 될까 하여 적어본다.

짧게는 출산 휴가 3개월, 길게는 출산 휴가+육아 휴직 1년 3개월(이렇게 다 쓰신 분이 계신다면 좋은 직장에 다니는 것을 축하드립니다. 물론 안 된다는 직장과 싸우면서 다 쓰고나서 퇴직한다는 조건을 받으신 분이 계신다면 심심한 위로를 전합니다)을 아이와 밀착하여 가택 연금 상태로 지내다가 다시 사회로 돌아간다는 건 참으로 복잡한 심경이 따라올 것이다.

특히 아이를 맡길 곳이 정해지지 않았거나, 가족의 양육 도움을 받더라도 여러 가지 문제들이 있을 때, 돌아갈 직장의 상황도 호락호락하지 않다면 더욱더. 몸은 아직도 부어 있는 듯 임신 살도 안 빠진 것 같고, '집'이라는 좁은 공간에서 '아이'라는 한정된 주제에만 몰두하다 보니 텅텅 소리가 날 것만 같은 머리는 가뜩이나 복잡한 마음을 더욱더 심란하게 만들 것이다.

게다가 이때는 아직 모성 호르몬이 왕성하여 하루에도 감정적으로 여러 번 오락가락하는 때가 아닌가? 아무리 아이 아빠가 위로해 줘도 (물론 안 해 주는 경우도 있지), 스스로 강해지자고 다짐을 해도 이 시기를 온전히 지내기란 힘든 일이다. 이건 싸워 이겨야 할 적이 있는 것도 아니고, 얼른 끝내 버려야 하는 비즈니스 성과 지표가 있는 것도 아니기에, 더 더군다나 첫 경험이기에 더욱더 어려운 일.

나는 출산 휴가 3개월에 육아 휴직 6개월을 더 하여 총 9개월을 아이를 낳고 돌보다 사회로 돌아갔다. 출산 휴가만 쓰고 복직해야 하는 회사도 많을 텐데 이렇게나마 배려를 받을 수 있는 조직에 속해 있었다는 것이 지금 돌이켜 보면 복이었지 싶다. 삼십 대 중반의 노산 바로 직전의 몸으로 아이를 낳아서인지 나는 출산 후 3개월 만에 복직하는 사람은 슈퍼우먼인가 싶을 정도로 여전히 여기저기가 쑤시고, 체력이 많이 달렸다.

그리고 육아 독립군으로 가족의 도움 없이 아이를 키워야 하는 개인적인 상황에서 당시 하고 있던 컨설팅을 더 이상 할 수 없다는 현실을 인정하고 같은 회사로 복직한 것이 아니라 이직으로 사회에 복귀

했다.

출산 후 9개월이 흘렀어도 여기저기 쑤시는 몸, 새 직장, 새 일, 새 보스가 너무도 적응이 안 되는 상황에서 아침마다 어린이집에 일등으로 아이를 맡기고 눈물을 흘리며 택시를 타는 것도, 종종 아이가 아프다는 시터 이모님 전화에도 당장 퇴근할 수도 없고, 그렇다고 늘 조퇴를 할 수도 없고, 대체 이 무거운 마음을 어디에 두어야 할지 모를 지경이던 그 상황이 너무나 힘들었다.

아이 아빠도 일찍 퇴근하고 나름대로 최선을 다하고 있었으나 아이와 관련된 그 모든 것은 나만의 몫인 듯 무겁고, 걱정스럽고, 어떤 상황에 내 마음을 어떻게 안심시켜야 할지 몰라 안절부절못했다. 지금 돌이켜 보면 어쩜 힘든 건 상황이 아니라 그 상황 앞에 놓인 내 마음, 나 자신을 어떻게 진정시켜야 할지 모르는 무지함 아니었나 싶다.

그리고 좀 더 시간이 지나 지금은 아이가 두 돌이 되었다. 결론적으로만 지금도 새로운 어려운 점들은 속속들이 생겨나고 있지만 그래도 지금은 복직 직후만큼 어렵지는 않다. 그사이에 아이가 좀 더 커서 잔병치레를 조금 덜 하는 것도 있지만, 여러 번의 반복 경험과 비슷한 감정을 마주하다 보니 스스로를 안심시키고 내가 이때 뭘 해야 하는지 감을 잡았다고나 할까?

그러나 무엇보다도 내가 불안하고 힘들어할 때 누군가 진심으로 '곧 괜찮아질 거다.'라고 한마디만 해 주었다면 그 오랜 불안과 방황을 시간을 조금 더 일찍 마무리할 수 있었을 텐데 하는 아쉬움이 남는다.

그래서 나는 이 글을 쓴다. 지금 또는 가까운 미래에 복직 후 일과 아이를 동시에 돌보며 멘붕을 맞이하는 초보 워킹맘을 위해서…. 이 시간이 영원히 안 끝날 것 같지만 곧, 언젠가 끝난다는 것을 진심으로 알려 주고 싶어서이다.

그러나 이를 위해 몇 가지 해야 하는 것들이 있다. 양육에는 정답이 없고, 문제는 끊임없이 생기며 이로 인한 고민과 갈등은 계속 생길 것이기 때문에 반드시 지켜야 하는 몇 가지가 있다.

그중 가장 절실한 것이 돈으로 해결할 수 있는 일이라면 돈을 쓰라는 것이다. 가족의 도움을 받는다면 시어머니든 친정어머니든, 아니면 시터든, 집안일을 도와주시는 분이든 그에 대한 대가를 지불해야 한다.(물론 돈을 지불하더라도 눈치는 계속 봐야 할 것이다) 일하고, 퇴근해서 아이 보고, 아이가 잠자면 집안일까지 싹 다할 수 있는 슈퍼우먼은 세상에 없다. 조금 아끼려다 더욱 큰 비용을 쓰게 된 내 경험을 반추해 보면 일단 복직 후 1년간은 돈을 모으겠다는 욕심을 버리는 것이 정신 건강에 좋을 것 같다.

버스만 타고 다녔다면 택시를 타고, 퇴근 후 이유식을 만들었다면 배달 이유식을 이용하는 것도 꼭 필요하다. 이건 결국 스스로와 가정을 지키는 일이다. 다 잘하겠다는 것은 있을 수 없다. 이러다 체력적으로 지쳐 쓰러지면 그보다 더한 손해가 없을 뿐 아니라 세상에 없는 강철 체력을 가저 몸은 성하더라도 감정적으로 한꺼번에 폭발하기라도 한다면 그때는 더욱 대책이 없다.

두 번째는 뇌가 리셋되어 버린 것 같은 기분이 자주 들더라도 일하는 사람으로서의 나를 의심하지 말라는 것이다. 아이 낳고 집에 있다가 나가면 전에 내가 만들었던 장표를 보고 놀란다 '아! 이런 대단한 걸 내가 만들었던가?' 싶은 마음이 들면서…. 그리고 그 다음 날 같은 장표를 보고 또 놀라는 나를 발견한다. 어제 그 장표를 찾아봤던 것을 까먹고 또 찾아본 다음에 어제 감탄한 것을 잊고 또 감탄하는 것이다.

그리고 이내 바보가 되어 버린 듯한 스스로를 보며 이래서 일도 하고 애도 키우고 어찌 살아야 할지 가슴이 답답해져 온다. 그러나 이것 또한 괜찮다. 개인차가 있어서 그렇지 짧게는 한 달, 길어도 몇 개월 내에는 돌아온다. 물론 건망증은 계속 있지만 얼마간 일을 떠나 있었다고 해도 갑자기 뇌가 리셋되지는 않는다. 단지 작동을 꽤 놓고 있었기에 다시 가동시키는데 시간이 들 뿐이다.

세 번째, 산후 이전의 몸으로 완벽하게 돌아가지 못해서, 자꾸 여기저기 달라붙는 스커트, 기어 올라가는 셔츠를 몸소 체험하더라도(아예 옷을 넉넉한 사이즈로 다시 사야 하는 경우가 있더라도) 스스로를 미워하지 말자. 다소 뚱뚱한, 아니면 그와 정반대로 볼품없이 말라 버린, 특히 바람 빠진 풍선처럼 볼륨이 사라져 평면 TV와 같아진 내 몸에 대고 화를 내면 안 된다. 다시 이전의 몸으로 되돌아가겠어! 라며 지나친 의욕으로 과도한 운동과 다이어트를 해도 안 된다. 곧 골병이 들 것이다. 골병들어 조퇴한다고 해도 집에 가서 쉴 수 있는 것도 아니다.

아무쪼록 무사히 워킹맘으로서의 첫 위기를 하루라도 짧은 시일에 슬기롭게 극복해 내기를 간절히 바라며 파이팅!

\ 문구점에 갔다가 복직 후 나의 경험을 한마디로 표현해 준 노트를 찾았다.
복직 후 당분간은 매일매일 이런 느낌일 것이다.

워킹맘 그대,
슈퍼맘을 꿈꾸는가?

나를 비롯하여 워킹맘으로 사는 그녀들은 아마 욕심이 많은 사람일 것이다. 아니라고 해도 아마 대한민국 평균 엄마들의 욕심보다 조금은 웃도는 욕심쟁이일 것이다. 혹시 이런 욕심도 있는지 모르겠다. 아이는 최신 유행하는 유기농 소재의 천을 사다 직접 만들어 옷을 입히고 머리핀까지 직접 만들어 예쁜 장식으로 해 주며, 나 스스로의 외모와 품위 그리고 스타일까지 유지하면서 남편에게도 최고의 내조를 하고, 직장에서도 인정받으며 어디에 내놓아도 손색없는 며느리이자 딸이 되기를?

아마 이 모든 것들은 아니더라도 이 중 꽤 많이 겹치는 위시리스트를 가지고 있을지도 모른다. 이에 대한 내 생각을 단도직입적으로 말한다면 그 위시리스트는 당장 버리는 것이 좋다. 이유는 이렇게 할 수 있는 사람은 지구 그 어디에도 존재하지 않기 때문이다. 혹시 주변에서 이런 사람을 보았노라고 그래서 그녀가 롤모델이라고 말한다면 그녀를 한번 스토킹해 보기를 바란다. 아마 이 많은 롤을 위해 열성적으로 도와주는 사람이 있거나 이미지 관리 차원에서 그러는 척하고 속으로는 스트레스와 체력적으로는 에너지 고갈로 쓰러지기 일보 직전일 것이다.

위킹맘은 이미 업무와 육아(플러스 가사)에 인간이 지닌 평균 에너지를 초과하여 사용하고 있다. 아무리 나는 특별한 존재야, 나는 다 할 수 있어, 라고 생각한다 하더라도 세상에 특별한 내가 있을지 모르겠지만 나를 위한 특별한 에너지는 존재하지 않음을 이내 절절하게 깨닫게 될 것이다. 결국 워킹맘의 키워드는 우선순위에 따른 선택과 집중일 뿐이다. 그렇다면 일과 육아 이 둘 사이에서도 우선순위를 매겨야 할 것인가?

안타깝게도 그렇다. 나는 육아만큼 일도 중요하다고 생각할지라도 엄밀히 따져 보면 이 둘 사이에도 엄연히 우선순위가 있다. 아이가 아직 어려 엄마의 손을 많이 필요로 하는 경우는 1안으로, 일과 육아를 4:6의 비율로 두는 것이 좋다. 그리고 복직 후 어느 정도 일과 생활의 패턴이 잡힌다면 2안으로, 일과 육아의 비율을 6:4로 바꿀 수 있다.

그리고 연중에서 학기 시작, 방학, 분기 마감, 주요 프로젝트와 보고 등의 각각의 중요 사건에 따라 1안과 2안을 번갈아가며 탄력적으로 운영할 수가 있다. 특히 2안의 경우에는 아이를 돌봐주시는 분께(시터 이모님 또는 양가 부모님 등의 기타 가족 서포터) 일찌감치 양해를 구하고 이 부분에 대한 초과 수당은 물론, 이외의 감사 표시도 하는 것이 좋다. 그래야 다음에 다시 2안의 시기가 돌아왔을 때 부담되지 않는다.

가족의 지원을 받는 경우에도 반드시 이렇게 뭔가의 보상은 필요하다. 어쩌면 가족이 아이를 돌봐주시는 경우 같은 가족으로서 아이에게 가장 안전한 울타리가 되어 준다는 큰 장점이 있지만, 자칫 소홀하면 감정적인 앙금이 쌓일 수 있다는 치명적인 위험도 함께 안고 간다. 특히 친정이나 시부모님께서 아이를 돌봐주시는 경우, 나는 금전적 대가는 물론 영혼이라도 팔라고 말하고 싶은 심정이다. 육아 독립군으로 가족의 지원이 부러운 면도 있지만, 현실적으로 가족은 평생 같이 가야 하는 존재이기에 한 번 아쉬움이나 오해가 생기면 더 큰 부작용을 불러오는 경우도 있다.

이렇게까지 쓰고 나니, 지금 임신 중인 예비 워킹맘은 앞으로의 생활에 더럭 겁이 나거나, 또는 아이를 가지려고 생각 중인 임신 전의 예비 워킹맘들이 아예 아이를 안 낳는 것이 낫겠다며 이 책을 당장 덮을지도 모르겠다는 생각이 든다.

현실적으로 말하면 그렇다. 많이 힘들다. 아마 상상하지도 못한 별의별 문제들이 다 생길 것이다. 그러나 나는 이 모든 것을 겪어보는 것이 나의 성장에도 큰 도움이 되었다고 믿는다. 나 스스로가 워커홀릭이기도 했지만, 아이를 낳고 기르는 일 자체가 너무도 두렵고 무서워 선뜻 가족계획을 세우지 못했던 겁쟁이였다. 그리고 슈퍼맘은커녕 그 근처에도 가지 못하는 육아 지진아 워킹맘의 삶을 살아가고 있다.

그럼에도 불구하고 아이를 낳은 것은 정말 잘한 일이라고 생각한다. 나 역시 이전에 지금의 나와 비슷한 이야기를 하는 사람을 속으로는 비웃었다. 살찐 외모에 늘 허겁지겁 아줌마티 내고 다니며 모든 이야기 주제는 아이인, 오지랖 넓은 아줌마의 말에 귀 기울이지 말자며….

그러나 실상 겪어보는 모든 긍정적, 부정적 경험 안에 나의 성장도 있고, 나는 그 속에서 융통성이라는 것을 배웠다. 일에서도 이런 융통성을 발휘할 수 있게 되었고 도저히 이해하지 못했던 회사 프로세스, 상사, 팀원들도 이러한 관점에서 좀 더 이해할 수 있게 되었다. 그리고 이러한 자질은 업무와 비즈니스를 바라보는 눈마저 좀 더 크고 상세하게 보게 해 주었다.

나는 슈퍼맘을 꿈꾸지는 않는다. 나는 늘 아이 머리는 하나로 질끈 묶어 주고 예쁜 리본 달린 옷은커녕 아이들은 그저 내복이 최고라며 나의 지나친 무던함을 합리화시키곤 한다. 그러나 내적으로는 '슈퍼'에 가까워지려고 노력 중이다.

매일의 전투사

가끔 뉴스를 보거나, TV에서 하는 다큐멘터리를 보면서 생각한다. 최근 유럽에서 이슈가 되고 있는 난민 문제에 대한 뉴스를 보든, 광복절 기념 다큐멘터리에 나오는 조국의 독립을 위해 싸우다 순국한 독립투사의 이야기를 접하든, 거의 숨만 붙은 앙상한 몸으로 기아와 싸우는 아프리카의 아이를 보든, 지구 온난화로 없어지기 일보 직전의 얼음판 위에 서 있는 바싹 마른 북극곰을 보든, 세월호 유가족의 아픔을 다룬 이야기를 듣든, 내가 하는 고민은 이에 비하여 얼마나 하찮은가.

나는 집이 없어 떠도는 난민도 아니오, 주권을 잃은 식민지국에 사는 사람도 아니오, 먹을 것이 없어 굶는 처지도 아니오, 비록 '세월호'의 첫 자만 들어도 눈물이 줄줄 나기는 하지만 그 직접적인 당사자도 아니니 내가 하는 일상의 불평이나 불만은 그저 투정에 불과한 것이 아닐까 싶기도 한다.

이들의 물리적, 정신적 고통을 생각하면 그저 내가 힘들게 여기는 건 매달 월급의 입금과 동시에 돈 빼가는 카드사, 은행, 솟아오르는 집값, 일의 스트레스, 육아와 가사 분담을 둘러싼 남편과의 신경전, 워킹맘으로 살아가는 어려움 등등. 정말 쓰고 보니 부끄러울 정도로 아무것도 아닌 것 같은 생각이 든다.

　내가 무슨 아이를 줄줄 낳아 다 나만 쳐다보며 손 빨고 있는 집의 홀로된 엄마도 아니고, 회사에서 월급이 안 나오는 것도 아니고, 부부 싸움은 하지만 그렇다고 남편이 없는 것도 아니고 가끔 내가 너무 하나 싶은 생각도 한다. 그저 나 하나 죽었소 라고 생각하면 그냥 뭐 이까짓 거야 하며 거뜬히 해낼 수도 있는 일들인 것을…

　그러나 내가 하는 일이 범지구적, 온 국가적 문제는 아닐지라도 그렇다고 내 고민이 의미가 없는 것은 아니다. 아마 내 이전 세대의 워킹맘들이 싸워 왔기에 일하는 엄마에 대한 그나마 지금의 국가적 지원책과 사회적 인식 변화가 이루어지고 있기에 내 고민이 하찮다고 말한다면 나의 선배 세대가 싸워온 것의 의미마저 감히 헐뜯는 일이 될지도 모르기 때문이다.

　내가 그리고 우리가 지금 하루하루를 전투사로 살아가고, 워킹맘으로서의 여러 가지 문제와 씨름하는 것이 지금 당장은 불편하고 다소 싸움닭 같은 아줌마의 이미지를 주변에 전달하게 될 수는 있으나 해야 할 말은 해야 하고, 싸워야 할 일이 있으면 싸워야 한다. 게다가 일하면서 꼬박꼬박 세금도 내고 있고, 아이까지 낳아 다음 세대의 세금 낼 후세까지 만들어놨으니 워킹맘은 말을 할 권리도 빵빵하다.

　국가적 차원에서 워킹맘이 일할 수 있는 환경이 개선될 수 있도록 목소리를 높여야 하고, 집에서도 모든 육아와 가사를 혼자 다 내가 하겠다고 할 것이 아니라 아이 아빠는 물론 온 가족이 같이 참여한다는 마음으로 목소리를 내야 한다. 물론 이 과정들은 불편하다. 왜 저러냐, 우리 엄마 세대도 다 그랬다, 너만 가만히 있으면 조용할 텐데라는 목소리가 돌아오더라도 그냥 지금 나 혼자 참겠다는 것은 내 딸이 워킹맘이 되어서도 지금과 같은 상황이어도 괜찮다고 생각하는 것과 다름없다. 조금이라도 지금의 상황을 좋은 쪽으로 바꾸고 싶다면 생각하고, 말하고, 행동해야 한다.

워킹맘이 갑자기 머리에 띠를 두르고 국회로, 시청으로 뛰어나가기는 쉽지 않고, 퇴근하고 파김치가 된 상황에서 남편과 분명한 역할을 정하자며 싸움을 시작하는 것도 그다지 바람직하지는 않다. 아마도 우리는 부드럽고 융통성 있는 변화를 시도해야 할 것이다. 무조건 목소리만 높이기보다는 가랑비에 옷 젖는 방식으로 부드럽지만, 설득력 있게 끊임없이 반복하고, 집에서도 "너만 돈 버냐? 나도 돈 번다! 그런데 왜 나 혼자 아이를 보냐."의 톤이 아니라 기존의 어머니 역할관 및 고정 관념 속에서 다른 사고를 할 수 없었던 많은 가족 구성원에게 상황을 먼저 알리고 이에 대한 올바른 시선을 가질 수 있도록 먼저 노력하는 것이 좋겠다.

물론 이 방법은 오랜 시간과 인내가 필요하다. 아마 좋은 마음으로 시작했다가도 "아이고, 속 터져." 하며 본격적인 부부 싸움이나 가족 갈등의 양상으로 퍼질 우려도 매우 높다. 그렇다고 우리가 가만히 있다고 해결되는 것이 없다. 내가 참고 노력하면 이해해 주겠지? 아니, 절대 그렇지 않다. 사람들은 자연스럽게 자기가 편한대로 그리고 그동안 보아온 방식대로 생각하고 결론 내는 성향이 있어서 알려 주지 않으면 모른다. 그냥 지금의 방식에 아무런 문제가 없으므로 말이 없나 보라고 오해한다. 그래서 말을 해야 하고, 알려줘야 하며 매일의 전투사가 되어야 할지도 모른다. 단지 그 전투사는 칼과 창을 든 정면 돌파의 전투사가 아니라 부드러운 카리스마와 합리적인 설득력을 가진 일상의 전투사가 되기를 바라는 마음이다.

6장

그럼에도 불구하고

워킹맘이라
좋은 점

이 책의 시초가 된 블로그에 '끄적끄적' 또는 '다다다다' 적었던 글로 시작된 『워킹맘의 딸』을 감사하게도 공감하고 댓글을 달아 주시는 분들이 많이 계셨다. 정말 감사하다. 그런데 내가 하도 아둥바둥 불쌍 버전의 워킹맘 이야기만 적어서 그런지 가끔 댓글로 이런 글을 남기는 분들이 계셨다.

- '워킹맘에게도 희망은 있다!' 이런 훈훈한 응원을 해 주세요.

- 워킹맘의 일상이 너무 숨 가빠서 슬퍼요. 좀 즐거운 이야기는 없나요?

- 대안이나 해결책이 거의 없어서 항상 읽고 나면 답답한 마음 가득했어요. 희망의 메시지도 함께 워킹맘이라서 좋은 점도 써 주세요.

그리고 보니 늘 하소연 내지는 답답함만 늘어놨던 것 같고. 워킹맘의 장점도 분명 있을 텐데 이 부분은 소홀히 했다는 생각이 딱!

그렇다면 왜 내가 굳이 워킹맘으로 사는 장점을 쓸 생각을 안 했는가부터 고민해 봤다. 이건 조금 다른 시각일 수도 있는데 내겐 애초부터 '워킹맘 or not 워킹맘(전업주부)' 이런 걸 선택하겠다는 콘셉트 자체가 없었던 것 같다. 조금 애매할 수도 있는데 예를 들어 사람들이 일반적으로 '워킹 파더'의 장점을 궁금해하지 않고 당연히 아버지는 일을 해야 한다고 생각하는 것처럼.("너네 아빠가 일을 해서 뭐가 좋아?" 이런 질문은 잘 안 하는 것처럼) 아마 내가 원조 워킹맘의 딸이었기 때문에 일하는 것을 너무 당연하게 여겼고(사람들이 공기로 숨 쉬는 거나 밥 먹고 사는 걸 너무 당연히 생각해서 마치 "너는 공기로 숨 쉬는 게 뭐가 좋아?" 이런 질문을 하지 않는 것처럼) 그래서 이것의 장점을 생각해 봐야겠다는 생각 자체가 안 들었었나 보다. 상기시켜 주신 분들께 다시금 감사드린다.

물론 워킹맘으로서 좋은 점도 있다. 아니 많다. 일단 워킹맘의 장점을 설명하기에 앞서 워킹맘의 장점이 전업주부의 단점이고, 전업주부의 장점이 워킹맘의 단점이라는 흑백 논리를 대입하고 싶지는 않다. 현실적으로 이건 말이 되지도 않거니와 이는 현실적인 상황, 사람의 성향 등 여러 복합적인 요소를 바탕으로 한 자발적 or 비자발적인 선택의 결과일 뿐이다. 아이와 온종일 시간을 보낸단고 그 시간이 꼭 귀중한 시간이라고 말할 수는 없고, 워킹맘으로 일을 한다고 해서 꼭 경제적으로 풍요로운 것도 아니기 때문이다. 따라서 내가 생각하는 적어도 내가 워킹맘이라 좋은 점은 지극히 주관적인 생각임을 미리 말씀드린다.

첫 번째 이유

일단 나는 성향상 집에 있으면 뛰쳐나가고 싶은 사람이고, 나가서 뭔가 일을 벌여야 삶의 의욕과 에너지를 생성할 수 있는 인간 종자이다. 이는 유전적일 수도 있고 환경적일 수도 있는데, 집에 있으면 오히려 자연 생성되지 않는 삶의 의욕과 에너지를 "다 너 때문이야!"라고 아이와 남편에게 비난의 화살을 냅다 꽂을 수가 있다. 그러나 긍정적인 에너지를 생성하고 오면 나 역시 체력은 좀 딸릴지언정 집에 와서도 긍정적인 에너지를 뿌릴 수가 있다.

두 번째 이유

많은 사람들이 일단 워킹맘이면 둘 다 돈을 버니 저축도 두 배일 거라 생각할 수도 있는데 사실 경제적인 혜택이 워킹맘의 장점 중 하나가 될 수는 있으나 절대 우위는 아닐 것이다. 저축이란 모름지기 '수입-지출=나머지(이것이 저축)'이겠지만 당연 수입은 많으나 지출은 더 많아 남는 것이 사실 많지는 않다. 전문직종에 종사하는 고액 연봉자들은 얘기가 달라질 수도 있지만, 이들도 이들 나름대로 수입에 맞는 취향 및 품위 유지를 위해 지출의 비율이 당연히 높아질 수밖에 없기 때문에 사실 경제적인 부분에서 엄청나게 만족감이 높지는 않을 것이다.

세 번째 이유

그나마 내가 중요하게 생각하는 내가 워킹맘이라 좋은 점은 일단 집과 아이라는 주제 이외에 다른 시각을 기를 수 있는 삶의 경험이

나 기회가 더 많다는 것이다. 이건 순전히 개인의 성향에 따르겠지만 (그 시각이 뭐 그리 중요하냐고 생각하는 사람도 물론 있겠지만) 아직은 아이가 어려서 대화의 수준이 안 되지만 적어도 "엄마 이게 뭐야?", "오슬로는 어느 나라 도시야?" 등등의 대화가 가능해져서 아이가 무엇을 물어볼 때 내가 다 알지 못하더라고 적어도 그것에 대답해 줄 수 있는 환경에 놓여있다는 것. 이게 내가 생각하는 가장 큰 장점인 것 같다. 어린아이를 다른 사람 손에 맡기고 출장을 다니는 것도 사실 유쾌한 일은 아니지만 적어도 아직 아이가 경험하지 못한 세계를 소개시켜 주고 출장 때 쌓은 마일리지로라도 나중에 아이가 크면 같이 가볼 희망의 끈이라도 만들어 둘 수 있다는 점.

일단 내가 생각한 워킹맘의 장점은 이렇다. 물론 워킹맘의 단점은 너무도 많다. 그러나 장기적으로 볼 때 나는 장점이 단점보다 많다고 생각하여 지금의 길을 걷고 있는 것이고, 다른 선택을 한 엄마들에게는 그 나름의 중요한 의미가 있을 것이다. 어떤 선택을 하든 각각에 어떤 장단점이 있든 우리는 그저 그 선택에 맞춰 하루하루를 살아가는 것일 뿐. 그리고 그 이유에 맞춰 힘을 내는 것일 뿐.

내가
워킹맘인 이유

내가 어릴 때는 일하는 엄마가 흔치 않았다. '엄마'라는 존재에 대한 가정은 당연히 집에서 아이를 돌보는 이미지였고 어쩌다 엄마가 일을 한다면, 첫 번째, '교사, 약사 등의 전문직 유형'이거나 또는 두 번째, '생계를 위해 일을 하지 않으면 안 되는 유형' 딱 둘 뿐이었던 것 같다.

당연히 '워킹맘'이라는 단어도 없었고 엄마가 일을 한다면 일단 불쌍하게 바라보는 시선이 많았다. 전문직 유형의 워킹맘도 많지 않기에 대부분은 "아니, 얼마나 번다고 아이를 내팽개치고 엄마가 밥벌이를 하나?" 이런 시선을 던졌던 것 같다. 따라서 세 번째의 유형으로 '엄마이기에 앞서 하나의 독립된 개체로서 사회인으로 일을 한다는 개념'은 존재하지 않았던 듯하다.

그런데 돌이켜보니 우리 엄마는 당시에 참으로 드물었던 세 번째 유형의 일하는 엄마였다. 일하고 싶어하는 엄마와 달리 매우 보수적이며 경상도가 고향에, 종손이었던 아빠는(그리고 우리 할머니, 즉 엄마의 시어머니는 홀어머니에 아빠를 끔찍하게 편애했던 남아선호사상의 대가셨다) 당연히 엄마에게 현모양처 역할을 기대하셨지만, 솔직히 엄마는 맛난 된장찌개를 끓이고, 집을 꾸미는데 적성과 소질이 맞는 분은 아니셨다.(솔직히 광고에서 '엄마의 된장찌개가 먹고 싶다.'는 카피가 나오면 나는 인정하지 못한다. 우리 엄마 된장찌개는 이게 찌개인지 된장 물인지 알 수 없을 정도로 솔직히 맛은 없었다. 엄마도 인정하실 듯)

대신 엄마는 끊임없이 책을 보고, 공부하고, 밖에 나가 일하고 가르치고 싶어 하셨다. 솔직히 엄마도 아빠도 똑같이 대학 나와 사회생활하다 결혼했는데 엄마의 그런 욕구(?)가 당시로써는 통념적인 것은 아니었다. 엄마는 끊임없이 아빠의 고루한 사고관을 못마땅해 했고, 아빠도 퇴근하자마자 밥은 안 차리고 계속 일하고 싶다는 엄마를 못마땅해 하셨으리라…. 아이나 잘 키울 일이지, 내가 언제 돈 벌어 오라 했냐는 핀잔을 던지시면서 말이지.

지금은 시대가 달라져 '워킹맘'이라는 단어도 생기고 어떤 유형이든 일하는 것의 의미를 존중해 주는 분위기는 일단 형성되었다고 본다.(물론 분위기만 있고 실질적인 부분은 아직 미흡하지만)

나는 첫 번째 유형은 아니고 두 번째, 세 번째의 중간 정도 되는 워킹맘인 것 같다. 그리고 비율로 따지자면 두 번째가 40%, 세 번째가 60% 정도?

내가 커서 어린 시절의 엄마를 떠올려 보면 엄마는 기질이 원래 그런 분이셨다. 나가고 싶고, 일하면서 그사이에서 성취감과 행복을 느끼고 다시 가정으로 그 긍정적인 에너지를 가지고 오는. 그래서 아빠의 만류로 엄마가 집에서 계셨던 엄마의 커리어 공백기에 사실 엄마는 그 스트레스를 꽤나 가족들에게 많이 푸셨다. 엄마는 묵묵히 두 아이와 남편을 뒷바라지하면서도 가끔 푸념하기도 하셨고, 간혹 계속 일을 한, 동기나 지인의 승진 같은 좋은 소식을 접하면 많이 우울해하셨다. 그때 계속 일을 했더라면 어땠을까, 라는 질문을 여러 번 되뇌시며….

　시간이 지나 엄마가 다시 일하게 되고, 다시 긍정적 에너지의 선순환이 느껴질 때를 생각해 봤을 때, 엄마의 표정이 기억난다. 엄마는 다시 일하는 사실에 부담을 느끼신 것도 같지만 어린 내가 느끼기에도 간혹 빛나는 미소와 함께 당시 중학생이 된 나보다 더 열심히 자료를 읽고, 뭔가를 준비하고, 야심한 시간까지 식탁에 앉아 궁리하시며 전반적으로 즐거워하셨다. 시간이 지나 내가 어른이 되니 나 역시 같은 기질의 사람이고, 그 선순환이 너무도 중요하다는 점에 동의하게 되었다.

　많은 어려움에도 불구하고 내가 일을 하는 이유는 '일', '엄마' 이 두 단어가 모두 중요하기 때문이다. 일을 하든 그렇지 않든 모든 엄마는 다 위대하다. 굳이 '일하는 엄마 VS 일하지 않는 엄마', '워킹맘 VS 전업맘' 이런 편 가르기 자체가 마음에 들지 않지만 아주 현실적으로 어떤 성향이 있다면 나 역시 일하는 엄마가 맞는 사람이라는 것. 그러나 내게 맞는 것을 하고 어떻게든 긍정적 에너지를 만들 때 엄마도 그리고 아이도 모두 행복하다. 이것이 바로 내가 일을 하는 이유….

엄마가 행복해야
아이도
행복할 수 있다

예능 프로그램인 '비정상회담'이 인기라지만 한 번도 제대로 본 적이 없다가 맘 카페에서 MC 박지윤(가수 말고)이 나와서 워킹맘 육아에 대해 얘기한 에피소드를 읽고 다시 보기로 봤다.

안건은 '일과 육아를 다 하고 싶은 나, 비정상인가요?'

나라와 문화 그리고 개인적 경험에 따라 다양한 의견이 나왔다. 그리고 그중 누군가(기억이 안 남) 했던 말들.

"워킹맘의 손에서 자랐지만 나는 엄마의 사랑을 느꼈고 행복했다."

"집에 있으면서 불행한 엄마보다는 일하면서 행복한 엄마가 좋다."

"엄마만이 할 수 있는 영역이 있다. 이 부분은 다른 가족이 대신할 수 없다."

"엄마가 곁에 없이 성장한 아이는 커서도 늘 불안하다."

그리고 박지윤이 한 말.

"전업주부든 워킹맘이든 어떤 쪽을 선택하든, 모두 아이를 사랑하기에 한 선택이다."

지금 박지윤은 직업상 불규칙한 스케줄 때문에 친정엄마와 남편이 육아에 더 많은 시간을 쏟는다고 한다. 그리고 셋째도 욕심이 난다는데 한편으로는 가족의 서포트가 너무나 부럽고 한 편으로는 '가족들이 너무 잘 도와주시는구먼. 조금이라도 힘들면 저런 말은 안 나올 텐데…' 하는 생각도 든다.
그리고 다시 곱씹은 말.
"집에 있으면서 불행한 엄마보다는 일하면서 행복한 엄마가 좋다."

그리고 몇 달 전 토요일 밤의 간판 프로그램인 '그것이 알고 싶다'의 한 에피소드가 떠올랐다. 다소 잔인한 주제도 등장하는 이 프로그램은 가끔 토요일 야심한 시각에 다 보고 나서, 자려고 누우면 눈앞에 아른거리는 잔상과 함께 '으악, 왜 봤을까?' 땅을 치고 후회하며 겨우 잠을 청하기도 했다. 지난 토요일의 주제도 제목부터 일단 심상치 않은 '잔혹한 모정'!

17세 아들은 엄마에게 지속적으로 폭행을 당했다고 주장하며 현재는 작은아버지와 조부모님의 보호 아래 지내고 있다. 17세 아들을 때렸다고 보기에는 작은 체구의 엄마. 둘의 공방의 결론은 어릴 때부터 엄마의 폭력에 시달린 아이는 '학습화된 무력감'으로 몸이 엄마보다 더 큰 청소년이 되었음에도 불구하고 엄마의 구타를 고대로 흡수하며 지낼 수밖에 없다는 결론으로 프로그램은 끝났다.

여기서 비슷한 사례를 더 소개하며 나온 멘트 하나가, 사이가 안 좋은 친정과 나를 무시하는 시댁과 남편으로부터 방패막이를 만들기 위해 자식에게 공부를 강요한 것이다. 번듯하게 자라서 나의 트로피가 되어줘야 한다고…. 심지어 전교 1등을 하던 아이에게 같은 이유로 전국 1등을 해야 한다며 구타를 일삼았던 엄마도 있었다. 결국 자신이 행복하지 않은 상태에서 자식을 이를 탈출하기 위한 구세주로 만들고 싶어 했고, 본인의 피해의식을 고스란히 아이에게 퍼부은 셈이 되었다는….

근데 이런 일이 꼭 남에게만 일어나는 일일까? 잔혹한 모정은 꼭 아이를 수년 간 구타한 엄마에게만 있는 걸까? 사실 나는 누구에게든 정도의 차이일 뿐 아이를 자신의 피해 의식의 보상으로 삼고 싶어하는 마음이 다들 있다고 본다. 내가 공부를 못했으니 공부를 잘해 주기를 바라는 마음. 그리고 그것은 그 마음으로 그치지 않고 종종 많은 부작용을 수반한다. 학원 뺑뺑이 돌리기, 지나친 압박과 스트레스 주기, 주변과 끊임없이 비교하기. 결국 이래도 좋은 쪽으로 결론이 나는 경우는 없다는…. 결국은 늘 말하듯이 엄마 스스로가 행복해야 자식도 행복할 수 있는 것 같다. 꼭 큰 결론이 아니더라도 일터에서 뭔가 일이 잘되고, 스트레스가 없고(결국은 이게 행복한 거지), 가족 간에도 문제가 없을 때 자연스레 나도 집에 와서도 더 잘하고 결국 아이에게도 행복한 상황을 만들어 주는 것 같다. 근데 사람의 삶이라는 것이 문제가 없을 리가 있나? 직장에서도 쪼이고, 여기저기서 쪼이고, 믿었던 가족들에게도 쪼이기도 한다. 결국 내가 나를 행복하게 만드는 것은 지속적인 노력과 노하우 개발에만 답이 있는 것 같다.

단 엄마가 행복해야 아이도 행복할 수 있다. 절대 엄마가 행복을 희생해서 아이를 행복하게 만들 수는 없다는 것.

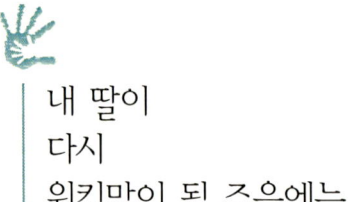

내 딸이
다시
워킹맘이 될 즈음에는

이모님께 카톡이 왔다. 기관지염으로 입원했던 꿈이가 퇴원한 지 2주가 지났는데 기관지염은 나았지만 중이염이 두 달째 심해졌다, 괜찮았다를 반복해서 또 항생제 10일 치를 받아 오신다는데. 이모님은 얼마나 힘드시고 앓고 있는 아이는 얼마나 힘들까? 감사하고 또 미안하고 다 안쓰럽다.

이 와중에 수족구가 돌고 있다고 맘카페에서도 난리가 났다. 오전은 어린이집, 오후는 이모님 체제로 키우고 있는 아이, 가뜩이나 지금도 아픈데 이럴 때는 그냥 어린이집을 안 보내야 하나 싶기도 하고.
그렇다고 어린이집 다니던 애가 집에 있으면 그것도 또 문제고 이모님도 원래 파트타임 시터이신지라 매번 풀타임으로 봐 달라고 부탁드릴 수도 없고, 부탁드린다 해도 돈도 더 들고, 그렇다고 내가 이럴 때마다 휴가를 낼 수도 없고, 시댁이나 친정에서 봐주실 것도 아니고….

후유, 그냥 마음만 답답하고 대책 없는 고민만 하며 수족구가 너무 무섭게 느껴진다.

 워킹맘의 딸이었던 나, 이젠 우리 아이가 다시 워킹맘의 딸이 되었는데 언젠가 내 딸이 워킹맘이 될 즈음에는 지금 내가 하고 있는 고민을 덜(또는 안) 하게 되었으면 한다. 그런 세상이 올까? 사실 워킹맘이 겪는 가장 큰 어려움은 일하면서 아이를 키울 수 있는 환경 자체가 완벽하지 못하다는 근원적인 문제가 기저에 있다. 물론 이전 세대의 일하는 엄마들에 비해서 아이 돌보미, 직장맘 지원센터 등등 많은 국가적, 사회적 지원이 생겼다는 것이 고무적이기는 하다. 그러나 이러한 지원이 이전에 비해 나아졌음에도 불구하고 아직은 워킹맘에게는 절대 야근이나 회식, 출장이 없어야 하고, 아이는 갑자기 아프거나 하는 긴급한 사건이 없어야 하며, 평일 한낮에 진행되는 육아와 관련된 행사, 학부모 모임 등도 절대 없으며 기타 이외에도 절대 예상치 못한 육아나 일상의 이슈가 전혀 없다는 가정 하에서 가능한 지원이다. 당장 오늘 급한 야근이 생겼는데 그 시간에 당장 올 수 있는 돌보미를 정부에서 지원해줄 수 있는 것도 아니고 설사 미리 플래닝을 조금이라도 할 수 있더라도 이마저도 대기가 너무 길어서 사실상 이용하지 못하는 경우가 더 많다.

 그리고 지원보다도 더욱 어려운 것은 인식의 변화이다. 아직도 많은 사람들이 심지어는 여자들마저도 엄마가 일하는 것은 필수가 아니라 선택적인 것에 불과하다는 생각을 하고 있는 것 같다. 그래서 엄마가 일하면서 아이를 챙기는 것은 당연한 일이고, 아빠가 하면 칭찬받을 일이 되는 것이다. 무엇이든 엄마 혼자만 참거나 견디거나 포기하면 모두가 편해지는데 하는 식의 논리가 아직도 많은 것 같다.

위의 세대와 달리 우리 세대는 아들딸 구별 말고 잘 낳아 기르자고 대변되는 양육관으로 "남녀는 평등하다. 너는(여자아이에게) 원하면 뭐든지 할 수 있다."라고 사회의 부르짖음에서 성장했다. 그래서 학업 성취도에서도 남학생이 따라가기 벅찬 여학생 파워를 보여 주었고, 각종 국가고시에서도 여풍을 몰고 왔다. 하지만 다 잘하다가도 아이만 낳고 워킹맘이 되면 "너는 원하면 뭐든지 다 할 수 있다."는 끝이 나게 된다. 은근히 "너만 포기하면 다 편해진다. 아이는 엄마를 더 따를 수밖에 없고 엄마의 손길이 더 필요하니 당연히 그래야 하지 않니?"라고 말하는 것만 같다. 나 역시도 더 이상은 남녀평등을 부르짖어 봤자 필요 없다고 생각하고 많은 것을 내려놨다. 직장도 옮겼고, 인생의 주요 가치관도 아이 중심으로 바꿨다.

그럼에도 불구하고 여전히 "더 버려! 네가 더 버려야 모두가 편해. 아이가 그래야 잘 된다니까?"라고 말하는 것만 같다. 기본적으로 아이는 엄마 혼자서가 아니라 부모가 동등하게 같이, 그리고 사회가 함께 키워야 하고 그에 대한 배려가 필요하다는 의식은 사실 멀었다. 아직까지 여자들에게 네가 원하면 뭐든 할 수 있어는 미혼일 때만 가능한 이야기이다. 내 딸이 워킹맘이 되는 다음 세대에는 조금 달라질까? 조금은 더 달라진 세상이 올까? 오, 오겠지?

엄마가
되어보니
비로소 인간이 되었다

내 맘대로, 내 생각만 하며 살아왔던 35년 간의 성장 속도보다 엄마가 되어 살아온 2년의 기간이 인간적인 면에서는 더욱 자란 것 같다.

이전에는 막달의 임산부를 봐도, 떼쓰는 아이를 손에 잡고 등에 둘째를 업고 짐까지 들고 가는 엄마를 봐도 아무 생각이 없었다. 생각이 있어도 그냥 힘들겠다 정도?

근데 10kg 이상을 배에 넣고 다니니 임산부에게 자리를 양보하는 건 인간이라면 꼭 해야 하는 의무, 엘리베이터가 없어서 유모차를 계단으로 옮기려는(그 안에 아이도 타고 있는데) 엄마를 도와주는 것도 당연한 의무, 도움이 필요한 아이를 보고 눈물이 나는 것도 의무는 아니지만 내가 뭔가 해야 할 것 같은 생각이 드는 게 당연한 일이 되었다.

요즘 내가 아침마다 지인의 SNS를 보고 울컥울컥 하는 건 얼마 전 생후 2달 만에 딸을 하늘로 보낸 옛 클라이언트분이 어쩌다 하나씩 올리는 외마디 포스팅, "보고 싶어.", "내 아기별." 아, 얼마나 감정 이입이 되는지 이 분은 지금 어찌 살고 있을지 내가 엉엉 울고 싶다.

나는 엄마가 되어서야 비로소 인간으로 입문하였다. 내 인생, 내 일, 내 욕심을 내려놓아서라도 지켜야 하는 내 목숨보다 더 귀한 존재가 있다는 것을 깨달았고, 그런 아이가 살아가는 세상에서 아이가 경험할 사람들, 사회가 조금이라도 긍정적으로 발전하길 바라는 마음에서 뭐든 더 노력하게 되었다.

무심코 대충 버리던 분리수거도 좀 더 꼼꼼히, 길 가다 울고 있는 아이를 보면 일으켜 세우고, 내 아이를 내가 사랑하듯 다른 사람의 아이도 소중하다는 것을, 아이가 있기에 내 감정이 속상하더라도 참고 인내하는 것이 언젠가는 다른 좋은 결실을 가져오리라 생각하게 되는 긍정적인 마음까지….

일하면서도 이해하지 못했던 고집스러운 상사, 투정만 하는 어린 팀원. 전 같았으면 똑같이 내 고집을 부리며 맞부딪혔겠지만, 아이로 인해 내 그릇이 조금 커지다 보니 상사의 고집이 아니라 '주장', 어린 팀원의 투정도 '자기주장'이라는 면에서 조금은 더 이해하게 되었다. 일하는 것, 일하면서 만나는 인간관계가 최고의 스트레스였다면 이제는 이보다 더 어려운 일도 많다는 것을…. 엄마의 내면적인 성장도 업무적 성장도 모두 아이 덕이라는 것.

얼마 전 아이가 두 돌을 맞이했다. 하루하루 엄마로서는 초짜로 우여곡절이 참 많고, 요즘도 여전히 숨이 가쁘도록 바쁘다. 내 감정을 느껴볼 틈도 없이 끊임없이 오가는 생각들, 체크 리스트, To-Do 리스트를 챙기고 적을 새도 여유롭지 않지만, 겨우 적었다 하더라도 그 노트를 어디에 두었는지 기억해 낼 틈도 없는 그래서 내가 오늘 세수를 했는지, 선크림을 발랐는지, 밥을 언제 먹었는지, 청소기를 돌린 게 오늘 아침이었는지 아니면 꿈에서였는지 가물가물한 하루를 산다.

그러나 매일 아니 매 순간 커 나가는 아이를 보는 기쁨과 보람은 육아의 어려움과 두려움을 뛰어넘고도 남는다. 어떤 순간은 이 기쁨에 흠뻑 빠져 아이와만 함께 하고 싶으나, 나 역시 성장하고 발전해야 장기적으로는 이 아이의 더욱더 큰 성장과 발전에 도움이 될 거라 생각한다.(육아관이나 가치관은 주관적이지만 내 생각은 이렇다) 또한 가끔 짧은 혼자만의 시간에 생각을 적거나 또는 지인들의 SNS 포스팅을 보면서도 나 역시 아직은 더 알고 싶고, 보고 싶고, 그리고 크고 싶은 커리어에 있어서는 꿈이와 함께 무럭무럭 성장하고 싶다는 생각을 한다.

나는 원래 욕심이 많은 사람이다. 그래서 현실 가능한 리스트를 적고, 그것들을 모두 달성했음을 기뻐하는 유형이라기보다 늘 할 수 있는 것보다 많은 리스트를 만들고 더하지 못함을 아쉬워하는 유형이다. 그 리스트를 현실적으로 만들어 보고자 수년 간 노력했지만 내 리스트는 아직도 넘쳐난다. 그래, 나는 욕심이 많은 사람임을 인정한다!

아이를 낳아 포기해야 하는 것들이 많지만, 그렇게 생각하기 보다 가용한 시간과 에너지 자원을 효율적으로 분배하고 내가 하고 싶은 일과 해야 하는 일 사이를 타협해야 한다 하더라도 때로는 가슴 벅차고 또 때로는 어찌할 바를 몰라 망설이고 절망하여도 꿈이와 함께 다시 일어나 서고, 걷고, 달려 보는 성장을 나 역시 경험하기를 바라고 또 바라 본다.

아이에게

아이야, 이번 주에도 "엄마, 가지 마!"를 시작으로 "엄마, 우유 줘.", "엄마, 내가 팍팍할 거야.(이건 유산균을 우유에 넣고 숟가락으로 휘휘 젓겠다는 뜻)", "엄마, 뽀로로 볼 거야." 등등을 외치며, 징징거리고, 우유는 다 쏟고, 이리저리 집 안을 오락가락하다 급기야 엄마는 큰소리를 내고 말았네.

너를 겨우 달래고 집을 나와, 건너편에 있는 택시를 잡아타고 지하철역까지 다시 뛰어 겨우 지각을 면했단다. 이런 날은 생각을 깊이 할수록 여러 종류의 감정들이 샘솟듯 솟아나 마음을 어지럽히기에, 지하철에 타자마자 책을 펴며 안 좋은 감정을 빨리 떨쳐버리려 노력했단다.

아이야, 사랑하는 내 딸아!

엄마가 일에서든, 일상에서든 무엇을 생각하고 고민하고 결정하든, 이제는 엄마 스스로가 아닌 네가 1순위가 되어야 한다고 생각해. 엄마는 어른이고 그래서 뭐든 인내하고 감당해야 하지만 아직 너는 어리고 엄마의 보살핌이나 사랑이 너무도 절실하기 때문이지. 내가 살아가는 이유이자, 내 목숨보다 사랑하는 내 딸아! 엄마는 이렇게 생각하고 있음에도 인간이기에 실수를 하고, 엄마조차 '엄마를 처음 해 보는 것이기에 잘 모르겠고 어려운 일들 앞에서 엄마도 주저앉아 너와 같이 울고 싶은 날이 있단다.

  대부분의 날에 엄마는 그런 나약한 나를 일으켜 세우고 다시 노력하기 위해 애를 쓰지만, 부득이 너무나 힘에 겨운 날, 그런 날도 있다는 것을 언젠가 너도 알게 될까? 아니, 알아 달라는 것이 아니라 엄마는 너를 너무도 사랑하고, 그 과정에서 일어나는 어떠한 것들도 너를 위한 것이지만 그럼에도 불구하고 네가 서운하거나 엄마를 이해하지 못하는 날이 오더라도 엄마는 이런 마음이었다는 것을 그냥 여기에 적어 놓을게.

\ 아이야. 엄마도 '엄마' 역할은 처음이란다.
그냥 그렇다고….

마 치 며

저는 이제 초보 워킹맘입니다. 그것도 선배 워킹맘들이 말하는 워킹맘의 위기 중 첫 단계를 겨우 넘긴 경력 2년의 아주 초보 워킹맘이지요. 그래서 제가 겪고 느끼고 쓴 『워킹맘의 딸』은 어쩌면 보편적이라기보다 지극히 개인적인 경험의 일부일 수도 있습니다. 또 이미 초보 워킹맘의 단계를 지난 선배, 고수 워킹맘들, 아이가 좀 더 커서 다른 문제를 겪고 계신 워킹맘, 또는 시각을 조금 바꾸어서 나오는 다른 산업 현장에서 일하는 워킹맘, 또는 파트타임, 프리랜서 형식으로 일하는 워킹맘에게는 조금은 덜 친밀하게 느껴지는 이야기일 수도 있습니다.

워킹맘이라고 해도 사실 많은 형태의 육아 및 업무 저글링을 해오기 때문에 어떤 경우에는 부모님이 헌신적으로 손주를 돌봐주셔서 싱글보다 더 일하기 수월한 환경에서 오로지 일에만 집중하는 사람도 있고 저 같은 육아 독립군도 있고요. 그리고 제 상황은 아무것도 아닌, 더 어려운 환경에 있는 워킹맘들도 많으리라 짐작합니다.

그러나 어떤 상황이든 부딪히는 모든 일이 처음이고 완벽한 모범 답안도 존재하지 않기에 수없는 시행착오를 통해서만 정착할 수 있는 것이 워킹맘의 삶이라 생각합니다. 아이가 커가면서 또 다른 새로운 문제들이 생기고, 하나가 해결되면 또 하나가 생기겠지만 적어도 첫 단계의 워킹맘의 위기를 건더내는데 저의 이런 작은 경험이라도 지금 또는 가까운 미래에 누군가에게 아주 작은 보탬이 되길 바라는 마음입니다.

조금만 더 건디라고, 아니 버티라고…. 지금 느끼는 이 멘붕과 미칠 것 같은 상황은 아이가 몇 달만 더 커도 아주 조금은 나아질 것이라고 응원하면서요. 어쩌면 이 말은 제가 너무나 듣고 싶었던 말이었던 것 같습니다. 사실 아이를 키우는 일 자체도 육체적으로 정신적으로 힘든 일이지만, 가장 어려웠던 것은 매 순간 처음인데 그때마다 무너져 내리는 멘탈을 어찌 수습해야 하는지가 더 어려웠습니다.

저는 어떤 노하우도 지혜도 없는 백지 상태라 매 순간 그 멘붕과 그로 인한 스트레스를 온몸과 마음으로 흡수해 버렸습니다. 정말 이온 음료처럼 그 감정들을 모두 흡수해 버리면 하루가 한 달, 아니 일 년인 듯 폭삭 늙고 에너지가 확 떨어지는 것이 느껴졌습니다. 정말 아쉬운 점은 그때 누군가가 진심으로 조금만 지나면 괜찮아진다고 말해 줬다면 제 분에 못 이겨 실수인지도 모르게 저질렀던 많은 시행착오를 줄일 수 있었을 텐데요….

그리고 혹시 모르겠습니다. 지금은 『워킹맘의 딸』이라는 책을 썼지만 이후 속편으로 『워킹맘의 딸, 지금은 경단녀』를 쓰게 될지도요…. 이후의 육아와 업무 저글링 라이프가 어떤 방향으로 흘러가게 될지 아무도 모르기 때문입니다. 평생 일하고 싶어도 그건 제 의지와 노력만으로 되는 일도 아니고, 아이도 점점 더 커가며 엄마의 손을 더 필요로 하게 될 테니까요.

왜 같이 일하는데 엄마만 경단녀가 되어야 하냐고, 아빠도 육아를 위해 경단남(?)이 될 수도 있는 것 아니냐고 호소하거나 불만을 토로하는 것으로는 해결책이 될 수가 없다는 것은 이미 잘 알고 있습니다. 그러나 앞으로 어찌 되든지 미리 무언가를 걱정하기보다 제가 일할 수 있는 동안은 최선을 다해 일하고, 피치 못한 상황에 있어 다른 삶을 살게 되더라도 그것은 순수한 스스로의 의지에 따른 결정이라는 점을 늘 인지하면서 살고자 합니다. 그것이 지금 저와 제 딸을 위해 할 수 있는 일이기 때문입니다.

끝으로 제 딸이 다시 워킹맘이 되는 다음 세대에는 제가 겪고, 우리가 겪고 있는 것보다는 조금 더 공평한 시각과 좀 더 많은 지원이 있었으면 합니다. "남녀는 평등해. 너는 커서 뭐든 다 할 수 있어!"라고 말하지만, 결국 엄마가 되고 나서는 그에 반하는 결정을 내리도록 무언의 강요를 하는 일은 없었으면 하는 바람을 간절히 소망해 봅니다.

2015년, 10월
이른 출근길 잠시 카페에 앉아 『워킹맘의 딸』을 마무리하며
모든 일하는 엄마를 응원합니다.

김신희